**cinco
júlias**

cinco júlias
matheus souza

O selo jovem da Companhia das Letras

Copyright do texto © 2019 by Matheus Souza

O selo Seguinte pertence à Editora Schwarcz S.A.

Grafia atualizada segundo o Acordo Ortográfico da Língua Portuguesa de 1990, que entrou em vigor no Brasil em 2009.

CAPA Claudia Espínola de Carvalho
ILUSTRAÇÃO DE CAPA Camila Rosa
PREPARAÇÃO Sofia Soter
REVISÃO Camila Saraiva e Adriana Bairrada

A construção das personagens Júlia 1 e Júlia 4 foi feita com colaboração de Amanda Benevides, que também contribuiu com os diálogos das páginas 222-5 e 234-6.

Dados Internacionais de Catalogação na Publicação (CIP)
(Câmara Brasileira do Livro, SP, Brasil)

Souza, Matheus
    Cinco Júlias / Matheus Souza. — 1ª ed. — São Paulo : Seguinte, 2019.

    ISBN 978-85-5534-090-1

    1. Ficção – Literatura juvenil I. Título.

19-27587   CDD-028.5

Índice para catálogo sistemático:
1. Ficção : Literatura juvenil 028.5

Iolanda Rodrigues Biode – Bibliotecária – CRB-8/10014

1ª reimpressão

[2021]
Todos os direitos desta edição reservados à
EDITORA SCHWARCZ S.A.
Rua Bandeira Paulista, 702, cj. 32
04532-002 — São Paulo — SP
Telefone: (11) 3707-3500
www.seguinte.com.br
contato@seguinte.com.br

/editoraseguinte
@editoraseguinte
Editora Seguinte
editoraseguinteoficial

Para minha mãe

PRÓLOGO

Júlia Um

A vida pode ser incrível. Geralmente ela não é. Na maior parte do tempo ela é uma merda, ou só... chata. Mas, se bobear, você dá sorte e ela é incrível. Essa é a moral da história, que você vai encontrar na última página. Quer dizer, se tiver lido todo o resto antes, vai ter o contexto para entender que essa é a moral da história. Contextos são úteis! Enfim... Desculpa, eu só achei que seria interessante começar a contar nossa história pela moral, porque as pessoas deixam a moral só pro final e até lá você fica sofrendo achando que vai tudo terminar na maior bad do mundo. Vamos tirar esse peso daqui. Não precisa. Tem choro no meio? Tem. Tem dor? Tem. Tem briga? Tem. Tem discussão? Ô, se tem... Mas o final é feliz, beleza? Eu acho sempre reconfortante quando vou assistir um filme e sei que o final é feliz. Eu sofro, só que com mais tranquilidade.

Eu não sei quando você tá lendo isso que eu tô escrevendo. Se ano que vem, ou cem anos depois. Dois bilhões de anos depois? Sei lá, talvez tenham colocado esse texto numa daquelas cápsulas que jogam no espaço pra serem lidas no futuro por novas gerações. Ou aliens. Sei lá. Se bem que eu duvido que esse livro aqui tenha relevância suficiente para ser jogado no espaço. Imagino que os marcianos prefiram algo mais pra *Dom Casmurro* ou *Cinquenta tons de cinza*. Bom, de qualquer forma, eu não sei se você sabe o que aconteceu naquele 8 de agosto, então preciso explicar... Um grupo de hackers invadiu a base de dados das principais redes sociais do mundo. Facebook. Gmail. WhatsApp. Instagram. Twitter. A porra toda. Desenterraram arquivos até de sites jurássicos, tipo Orkut, Fotolog e Flogão. Pois é... Flogão. E criaram um site chamado uLeaked. E, tipo, nesse site eles meio que postaram todas as mensagens particulares que todas as pessoas do mundo já trocaram em qualquer rede social. Qualquer pessoa podia entrar, digitar seu nome em um campo de busca e ia ter lá todos os e-mails que você nunca quis que ninguém lesse. Aquela conversa na qual você falou mal da sua melhor amiga anos atrás. O nude que mandou pro amigo do seu namorado em março. Os maiores segredos de todas as pessoas do mundo foram revelados ao mesmo tempo.

[Antes de ler o primeiro capítulo, recomendo que pare um segundinho pra pensar no tamanho da merda que poderia dar na sua vida.]

[1/5]

Júlia Um

Por que é tão difícil levantar da cama de manhã? Eu faço isso todo dia. Não era pra ter prática? Já apertei o "Adiar" do despertador três vezes. Não vou apertar a quarta. Apertei. Cinco é o limite! Adiar o despertador mais de cinco vezes é falta de caráter. A casa inteira vai acordar. Minha mãe vai entrar aqui daqui a pouco e vai tacar o chinelo na minha fuça. Vamos lá, Júlia. Se você tem energia pra pensar tudo isso, tem energia pra levantar... Levantei. Primeira vitória do dia.

Eu não deveria usar o celular sentada no vaso. Sempre me bate uma neurose, vai que essa câmera funciona vinte e quatro horas em algum lugar do mundo e a CIA tá me vigiando? Ou um hacker maluco tarado? Mas eu preciso ver se alguém comentou mais alguma coisa no meu vídeo. Se tiver mais um dislike, eu deleto. Não mereço ouvir desaforo de desconhecido. O.k., eu sei que alguém apertando o "polegar pra baixo" no seu vídeo do YouTube não faz som pra ser ouvido. Mas dentro de mim faz. Faz o retumbante som dos meus sonhos desmoronando.

"Mas que vídeo é esse, Júlia?", vocês devem se perguntar. Ou não, caso já tenham largado o livro de volta na livraria. Nesse caso, espero que pelo menos tenham colocado no lugar de origem. Pessoas que pegam livro de uma prateleira e jogam em outra merecem um lugar especial no inferno. Logo ao lado da sala dos que visualizam a mensagem e demoram para responder.

Eu escrevo, amo escrever. É a coisa que mais gosto de fazer na vida. Culpa da Shonda Rhimes, melhor escritora do mundo. Sempre tive o sonho de ser escritora, desde pequena, contando minhas historinhas nas festas de família e tirando nota dez em todas as redações do colégio. Mas parecia só isso mesmo: sonho. Escritores eram caras brancos de meia idade que fumavam e bebiam uísque. Você tem noção de como eu me senti quando descobri que a escritora e produtora das séries de maior audiência da TV americana era uma mulher negra, como eu? Ela criou *Grey's Anatomy*, *Scandal*, *How to Get Away with Murder*, caramba! E também transformou o meu sonho em objetivo. Quem sabe um dia eu não inspiro uma menina a escrever, como a Shonda fez comigo?

Eu tinha um blog, no qual postava alguns contos, crônicas, críticas de filmes e séries. Ninguém lia, claro. Eu não sou ninguém. Mas tudo bem. O importante era me expressar. Meu amigo Léo falou que ninguém lia blog e insistiu para que eu fizesse um canal no YouTube, então comecei a postar uns vídeos com minhas análises sobre cultura pop. Tentei me inspirar nos meus canais favoritos, Nerdwriter1, The Take e Polyphonic, mas, como não sou ninja da edição como os criadores desses canais, acabava só falando meus textos pra câmera.

Eu tava amando a experiência, só que aí começaram a surgir alguns comentários nos vídeos que me deram vontade de deletar tudo. Meus primeiros haters apareceram em uma análise sobre o

Super-Homem. Não existe nada que coloque mais sua vida em perigo na internet do que falar mal de um super-herói. E o pior é que eu amo super-heróis! Mas o Super-Homem é um mala! É um ser perfeito e forte que continua sempre perfeito e forte. O único ponto fraco dele é um negócio que nem existe. Eu tenho aproximadamente setenta e nove defeitos, então não consigo me identificar, nem me inspirar em um ser inatingível. Ele me dá uma agonia, sabe? Na vida a gente não nasce forte e continua forte; a gente passa por muitos problemas, comete muitos erros e, se tudo der certo, supera tudo isso e aprende lições. Pelo menos, é o que eu acho. Eu não nasci forte. Eu nasci confusa. E tô tentando dar meu jeito de melhorar. Essa é a base da dramaturgia também. Imagina se o Tony Stark já fosse um cara altruísta desde a primeira cena do primeiro filme do Homem de Ferro. Imagina se o Simba já tivesse nascido sabendo ser um rei exemplar em O *Rei Leão*. Ou se a Rey já fosse a melhor jedi de todos os tempos desde a primeira cena de O *despertar da Força*. Nós não somos perfeitos. Somos pequenos universos cheios de erros e inseguranças. E a melhor parte dos filmes, séries, livros e histórias que contamos e ouvimos é a esperança de que a gente pode mudar e melhorar.

[Tem um vídeo da Shonda no YouTube comentando como a perfeição é um negócio muito superestimado, recomendo.]

[Pra não dizer que eu só falo da Shonda, no final da minha análise eu citava outras das minhas escritoras favoritas, todas elas responsáveis por criar personagens maravilhosas, todas elas cheias de defeitos e qualidades: Mindy Kaling, Phoebe Waller-Bridge, Tina Fey, Lena Waithe, Miranda July, Issa Rae e Amy Sherman-Palladino.]

Mas os piores comentários são os racistas que não percebem [ou ignoram] que estão sendo racistas. Contra-argumento relevante? Nenhum. Comentário sobre a largura do meu nariz? Muitos. Outros elegem como alvo meu cabelo, o que é triste, pois amo meu cabelo natural. E a grande maioria investe no clássico "quem é você pra falar isso?". Sei lá quem eu sou! Tô tentando descobrir também!

[Vez ou outra coloco tranças coloridas. No momento são brancas, estou me sentindo a Tempestade do X-Men.]

[Personagem mais injustiçada das adaptações de quadrinhos até hoje.]

Então... eu amo escrever. Mas vale mesmo enfrentar tudo isso? Vale a pena me expressar na era dos haters? Eu não consigo ignorar o que falam. Não consigo deixar de ler o que escrevem sobre mim. E sei que isso não me faz bem.

Meu vídeo da semana foi sobre clássicos da música emo. No finalzinho dele, eu toco uma versão acústica improvisada com meu violão desafinado de "Helena", do My Chemical Romance. Para quem não pegou a era do "emo", eu explico. No começo dos anos 2000, também conhecido como "a época em que nasci", os jovens consumiam uma música meio punk, meio pop, meio gritada, meio doce, meio romântica, meio raivosa... Olha, eu nunca consegui definir muito bem. Mas era o que minha mãe escutava. É, minha mãe era emo. As fotos dela na minha idade deveriam estar em um museu. Digita "emo brasileiro" no Google e você vai ter uma ideia.

[Pausa para pesquisar sobre emos no Google.]

[Pausa para imaginar a reação dos seus futuros filhos olhando para as fotos da sua adolescência no Instagram.]

[Pausa para refletir se o Instagram vai existir para sempre ou vão deletar algum dia como fizeram com o Orkut que minha mãe tinha.]
[Pausa para pesquisar o que era "Orkut".]
[Pausa para falar que não precisa pesquisar "Orkut", basta saber que era o Facebook na época dos nossos pais.]
[Pausa para refletir sobre o uso dos colchetes dessa menina estranha.]
[Eu adoro colchetes, são muito mais carismáticos do que parênteses.]
"Helena". My Chemical Romance. Quando eu era criancinha, era muito levada. Não parava quieta. Reza a lenda na minha família que eu não parava de correr pela casa quebrando tudo e minha mãe, coitada, ainda adolescente [e com uma franja enorme] [emos tinham franjas enormes], não fazia ideia de como lidar comigo. A vó ajudava. Ainda ajuda. Moro com as duas até hoje. Mas eu era incontrolável. Até que um dia, mamãe, em um surto, colocou seu CD mais estridente para tocar. *Three Cheers for Sweet Revenge*. Nome dramático. Músicas ainda mais. Versão pirata, claro, era uma fortuna comprar CD importado e a gente nunca teve muita grana. Mas funcionava, na medida do possível. Dava uns pulinhos no meio de "Ghost of You", mas "Helena" tocava perfeitamente. E assim que o sujeito da música começou a berrar... Eu parei. Aparentemente, nada me acalmava com maior eficácia do que gritos melancólicos sobre morte e amores perdidos. Eu avisei que era estranha quando falei dos colchetes.

Anos depois, já com vergonha da fase emo, e mais parecida com o que encontramos ao digitar "memes de mãe e filha" no Google, ela me lembrou dessa história e me mostrou o clipe de "Helena". Virou meu clipe favorito de todos os tempos por motivos de apego emocional, mas também por ser uma obra de arte bem impressionante. Um número musical no meio de um funeral. Com dancinhas de guarda-chuva e caixão. Meio Tim Burton, meio *Moulin Rouge*. Triste. Bizarro. Lindo.

Então, por mais que hoje meu Spotify seja tomado por sons bem diferentes como Blood Orange e Janelle Monáe, "Helena" sempre terá um lugar cativo no meu coração. Pensando nisso, decidi gravar um texto defendendo a importância artística do movimento no meu canal. Que só tem trinta e sete inscritos. As pessoas podiam só ignorar, né? Mas não... Um cara entrou lá pra falar que eu era vesga. Sério, isso nem faz sentido. Vesga eu não sou. Ele só pensou em algo malvado e escreveu. Nem precisou ter sentido. Eu tô me olhando no espelho nesse exato momento com uma régua no meio da testa. Meus globos oculares são super simétricos! Juro!

— Bênção, vó!

Acho muito charmoso falar "bênção" pra vó. Ela adora. Dividi quarto com ela boa parte da infância, mas desde que ela começou a ficar um pouco mais fraca de saúde, minha mãe assumiu a divisão pra ficar alerta para qualquer problema na madrugada. A gente mora em Saquarema, que é um lugar onde muita gente do Rio passa férias, feriado, fim de semana. É estranho morar em um lugar que serve de fuga do cotidiano para outras pessoas. Se eu quiser fugir, pra onde eu vou? Eu já moro perto da praia, aqui já faz sol, é tudo tranquilo.

Minha mãe nem percebe que eu já levantei, podia ter apertado o botão da soneca pela sexta vez. Todo dia de manhã ela conversa com o médico da vó, que é um baita dum galã grisalho. Shippo muito esse casal.

— Oi, doutor! Tá cedo pra visita. Dormiu aqui?

Minha mãe gela, de tão sem graça que fica com a piada. Ele ri. Acho que tem jogo. Ela me leva na porta, raiva nos olhos, segurando o chinelo da Mulher-Maravilha que eu dei de presente no Natal. É como se eu tivesse financiado a arma do meu próprio assassinato, eu sei. Mas é uma deixa para eu falar de feminismo e sororidade quando ela me ameaça. E ela nunca bateu de verdade, tá? É quase uma brincadeira carinhosa, um código nosso. Ela levanta o chinelo, fala "Júlia, um, dois...". Antes do "três" eu já pedi desculpas fazendo uma cara fofa e ela abaixa o chinelo.

— Sua vó acordou passando mal, ele veio acudir.

— Aham, sei... Rola carona pra aula hoje?

— Tenho que dar aula daqui a pouco.

Mamãe é professora na autoescola. Nosso carro é um Corsa velho todo adesivado com o nome do curso. Então até que é um bom negócio não aparecer na porta do colégio com esse outdoor que fica estacionado na nossa garagem. Mas "preguiça" é o meu lema de vida. Vale tentar.

— Mãe, se joga, tá na hora mesmo de esquecer meu pai.

— Ninguém fala do *monstro* na minha casa! — a vó grita de dentro da casa, demonstrando que sua surdez por vezes é teatro.

Meus pais nunca foram casados e, embora eu tenha convivido com ele até uns dois anos de idade, minha mãe me afastou dele de todo jeito. Além de "o monstro", minha vó também gosta de chamá-lo de "o falecido". As duas criaram pra mim uma figura que eu nunca tive vontade de reencontrar. Um sujeito egoísta, infiel, bêbado, bruto. Que morava em São Paulo e nunca pensou em me visitar. Uma das poucas lembranças que tenho é dele me explicando as regras de pular amarelinha. São poucas. É uma lembrança bem curta.

— POR QUE VOCÊ DELETOU SEU CANAL, SUA MALUCA?!

O Léo tem a maior intimidade comigo e é super atraente, parece o Michael B. Jordan [antes de ficar bombadão pro *Creed*, meio na época do *Fruitvale Station*]. Ele tem uma quedinha por mim que eu sei. Mas… Ele era bem estranho mais novo. Que nem eu. Uma hora ele deu uma transformada. Ou foi o meu gosto que mudou? Ou eu só percebi que "beleza" é um conceito inútil? Sei lá. Mas nossa amizade já tava muito estabilizada e eu não quero estragar. Nunca. Gasto meu tesão em outros. Até penso nele de vez em quando, no meio da… Você sabe. Vamos parar essa parte por aqui. Lembrei que ele pode ler isso. Vai ser bem estranho. Léo, eu te adoro. E seu peitoral é bem interessante. Nunca falei isso pessoalmente porque é um elogio bem esquisito. Mas é um ótimo peitoral. Parabéns.

— Como você sabe que eu deletei? Cê entra no meu canal todo dia quando acorda?

— Claro que não! Meu celular tá maluco, cliquei sem querer.

A gente caminha junto pro colégio quando minha mãe não dá carona. Ele mora a umas três casas de distância. Conversamos bastante. Nos zoamos bastante. Nos criticamos bastante. E dividimos fones de ouvido nos dias sem assunto.

Explico meu trauma com os comentários, mostro minha foto com a régua. Ele morre de rir, mas logo fica sério.

— Você nunca vai escrever um musical de sucesso se ficar com medo do que os outros vão pensar.

Depois da Shonda Rhimes, a pessoa que mais me encantou artisticamente foi o Lin-Manuel Miranda. Ele escreveu um dos musicais de maior sucesso da Broadway, *Hamilton*, que é uma obra-prima musicada em hip hop. Eu nunca fui pra Nova York, nunca assisti à peça. Mas escuto as músicas todos os dias e achei umas filmagens malfeitas na internet que foram suficientes para decorar algumas coreografias. Ele não é tão famoso por aqui, algumas pessoas acham ele "americano demais" por tratar da criação da Constituição dos Estados Unidos. Mas ele é muito mais que isso. É um musical sobre... escrever! O Hamilton [no musical, pelo menos] é um cara que conquistou tudo que tinha através de sua escrita, sua carreira, sua esposa, seu legado. O coro da canção que fecha o primeiro ato, "Non-Stop", fica repetindo "How do you write like you need it to survive? How do you write every second you're alive?".

[Recomendo que vocês escutem "Satisfied", "My Shot" e "Burn" caso tenham se interessado em conhecer mais da obra.]

Desde que escutei *Hamilton* pela primeira vez, coloquei na cabeça que queria escrever um musical. O Léo ficou muito empolgado com a ideia. Ele que me ensinou a tocar violão, para me ajudar no processo.

— Eu nunca vou escrever um musical. Ponto. Correr atrás de sonho é besteira. Sonho é coisa de filme, coisa de musical. E vida é vida. Vida não é musical. Podia ser, mas não é. Se eu entrar na padaria e pedir meu pão cantando, o padeiro não vai cantar comigo. Vai ligar pra minha mãe sugerindo minha internação.

Hamilton ficaria decepcionado com minha desistência. Mas na época dele não existiam comentários de YouTube. É hora de encarar a realidade. A Shonda nasceu em Chicago e o Lin-Manuel em NY. Quando que seria possível eu, morando em Saquarema, chegar na Broadway? Eu mal fui pro Rio de Janeiro. Minha turma de teatro do colégio tem seis alunos e quatro deles, no fundo, só querem participar de algum *reality show*. Mas tudo bem. Uma vida desistindo de sonhos [ou objetivos] é uma vida sem frustração. Uma vida... confortável. O conforto é uma maravilha! Conforto não magoa, não faz chorar. Esforço? Esforço apavora. Quando um tio adoeceu eu tive que ir de avião com minha mãe visitar ele no Nordeste. E eu nunca vou me esquecer do comissário de bordo que fez aquelas instruções de segurança no voo de volta. Na ida, uma moça fez tudo super de saco cheio porque ninguém presta atenção nunca e, realmente, deve ser chato ficar repetindo aquilo toda hora. Mas o comissário do voo de volta fazia o ritual inteiro como se estivesse se apresentando para uma plateia lotada no Theatro Municipal. Eu achei incrível. Ele apontou para as saídas de emergência num movimento tão plástico que o moço sentado naquela fileira sorriu, se sentindo importante. Mas o esforço incomoda, e ao final da apresentação, um grupo de moleques de uma excursão começou a rir e imitar ele. Aquilo mexeu comigo. Se tentar ser uma artista e expressar a minha voz vem com todas essas críticas e pequenas humilhações no pacote... Eu não sei se vale o esforço.

— Pessoal vai tomar um chope à noite, vamos?

Preguiça! Mas... convite tentador. Léo fica uma gracinha bêbado. Ele começa a errar o plural de algumas palavras. Teve um dia que ele ficou minutos falando sozinho "guardas-chuva, guardas-chuvas, guarda-chuvas" sem chegar à conclusão de qual era a opção correta. O curioso é que nem tava chovendo no dia. Enfim, acho muito sexy quando ele confunde o plural de palavras compostas.

— Vai ser num daqueles bares que a gente tem que ficar em pé?

— Tu é uma velhinha disfarçada, não é possível.

— Qual o sentido de ficar em pé num bar se já inventaram sofás e cadeiras? E até camas!

— Cê sabe que existe meio-termo, né?

— Meio-termo do quê?

— Sua mãe encheu sua cabeça dizendo que seu pai era um bêbado maluco, irresponsável, que te largou aqui, mas... não é por causa disso que você precisa se privar de se divertir. Dá pra ser uma boa pessoa e se divertir ao mesmo tempo.

— Mas eu me divirto muito mais fazendo maratona de série em casa do que indo pro bar! Essa sou eu. Se não gosta, está livre pra procurar uma outra melhor amiga.

Entro na sala. Ele também. Os dois em silêncio. Será que ele realmente entendeu que eu sou meio mala e decidiu procurar uma outra melhor amiga/ flerte fixo complexo? Notificação no celular, mensagem dele:

Anima de maratonar alguma série antiga esse fds?

O celular toca de madrugada. É o Léo. Claro. Ninguém mais me ligaria de madrugada além dele. E de algum atendente de telemarketing tentando me convencer a trocar de operadora. Mas agora é o Léo. Parte de mim é tomada por ódio. Eu adoro dormir. Outra parte se anima, deve ser ele bebinho resolvendo se declarar dizendo que sentimentos são como montanhas-russas, montanha-russas, montanhas-russa...

— Na moral, tu tem que parar de me ligar bêbado no meio da madrugada. Já entendi que cê é a fim de mim.

— Em primeiro lugar, eu não tô bêbado. Em segundo, já tá amanhecendo, quase hora do colégio. Em terceiro, qualquer dia a gente debate esse lance amoroso mal resolvido. Mas vamos focar no quarto ponto. Liga o computador. Urgente.

Entro no link que o Léo me envia, "uLeaked.com". Você consegue se lembrar da primeira vez que navegou pelos filmes da Netflix? Bom, foi tipo isso. Mas, em vez de *Breaking Bad* e *Stranger Things*, acabei fazendo uma maratona pelos chats, e-mails, mensagens e nudes de todas as pessoas que já tinha conhecido na vida.

— Meu novo passatempo favorito é ler as DMs das celebridades pra descobrir coisas bobas sobre elas. A Cardi B ama jogos de tabuleiro. É viciada em Dixit. E se reúne todo sábado com a Halsey e a Ellen DeGeneres pra jogar Rising Sun.

— Minha vida não será completa enquanto não participar de uma *game night* com esse grupinho. Mas no momento tô focada em descobrir quem do colégio já falou mal de mim.

— Então... Eu pesquisei seu nome já. E esse foi o principal motivo de querer te ligar logo. Eu encontrei uma conversa do pessoal daquele site Valkirias falando sobre você. Elas tavam procurando novas autoras pra equipe e piraram nas suas análises. Te mandei um print da conversa por e-mail. Elas iam te chamar pra escrever críticas de cinema e TV. E como você deletou seu canal, elas não conseguiram mais te achar! Elas tinham o seu nome, mas não acharam seu instagram, são muitas Júlias Silva no mundo!

— Ai, eu sou uma idiota.

— Você não é idiota, mas é medrosa. E não devia ser.

Procuro no site o nome da minha mãe pra confirmar minha teoria de que ela está tendo um caso com o doutor-bonitão-grisalho e... Bom, lembram tudo aquilo que eu falei sobre meu pai? O Gmail da minha mãe conta outra história. Dezenas de e-mails dele que minha mãe não respondia. Pedidos de fotos minhas, do nosso endereço...

"Maria, me atende! Responde o e-mail. Me dá alguma notícia da Júlia. Ela tá bem? Só me diz isso! Eu só quero saber se minha filha tá bem!"

Encontro até um pedido de desculpas.

"Maria, me perdoa. Hoje eu sou outro homem. Eu me arrependo, juro. Se soubesse que ir para São Paulo ia te fazer esconder minha filha de mim, tinha desistido de tudo. Do sonho de ser ator, da liberdade. Peço perdão por ter te magoado. Se te consola, eu não dei certo mesmo. Você tinha razão. Eu sei que não fui o homem que você queria. Mas não me tira o direito de ver minha filha crescer."

Assim, de uma hora pra outra, minha vida já não pode mais ser a mesma. Meu pai me amava. Meu pai queria ter sido meu pai. Mas ele não foi o homem que minha mãe queria e ela tirou esse direito dele. Que merda. E agora? O que mais que minha mãe tava escondendo de mim?!

[Eu não devia ter me perguntado isso.]

Continuo explorando os e-mails da minha mãe, com uma voracidade ainda maior do que a que leio os comentários no meu canal. Descubro que os resultados de uns exames que eu fiz há umas três semanas, quando comecei a sentir uma dor de cabeça estranha, foram bem piores do que o que me falaram. Se quando eu entrei no uLeaked e li a mensagem da equipe do Valkirias minha vida parecia destinada a se tornar trama de um filme estilo *Nasce uma estrela*, ela logo descambou pra uma tragédia nível *A culpa é das estrelas*. Os dois filmes são tristes, claro. Mas eu adoraria evitar ser o personagem que morre no final da história. Evitar morrer. Taí o objetivo de vida em comum de todo mundo. Tarefa aparentemente complicada pra mim daqui pra frente.

Glioblastoma Multiforme Grau 4. Parece o nome de um robô dos *Transformers*, mas é um tipo de câncer no cérebro. A última coisa que você deve fazer quando descobre que tá doente é pesquisar o nome da doença no Google. Óbvio que foi a primeira coisa que eu fiz. "Até o presente momento não existe cura para este tipo de tumor, porém terapias alternativas em conjunto com o tratamento padrão (cirurgia, quimioterapia e radioterapia) podem aumentar estatisticamente a sobrevida do paciente para além de um ano. O tempo de sobrevida médio a partir do diagnóstico em pacientes que passam pelo tratamento é de um a dois anos. A morte geralmente ocorre devido a edema cerebral ou hipertensão intracraniana."

Aí eu me toquei que tava lendo o texto sobre "Glioblastoma". Não "Glioblastoma... GRAU 4". Esse, de no máximo seis meses de vida. Não existe cura, não existe causa. É só... Uma coisa que acontece. O médico, amigo de infância da minha mãe, disse em outro e-mail que meu corpo é jovem, pode chegar a quase um ano. Mas o tratamento podia destruir o tempo que me resta. Meu organismo poderia desenvolver resistência à morfina, o que ia causar mudanças de personalidade, perdas verbais, cognitivas e motoras. Eu ia, aos poucos... deixar de ser eu.

Eu não sei por que minha mãe não me falou nada. Talvez ela queira que eu aproveite meus últimos meses de vida como se nada estivesse acontecendo. Ou ela só ainda não decidiu como lidar com a notícia. O e-mail é da semana passada e ela não esperava que o mundo fosse virar de cabeça para baixo com o uLeaked. Quando você diz o tempo todo que ama muito a sua mãe, é porque fez merda. O que eu não sabia era que o contrário também valia. Ela nunca foi tão legal quanto nos últimos dias.

Então é isso. Eu vou morrer. Eu, que só transei com dois caras até hoje e um deles foi meia bomba. Tem gente numa situação pior? Tem. Eu fiquei pesquisando vídeos no YouTube de pessoas em estágio terminal de câncer pra me animar. Tem um menino na Inglaterra que morreu com catorze anos, logo depois do primeiro beijo. Tô até no lucro.

Acho que a solução pra minha carreira é entrar num *reality show*. É certeza que eu ganho. Se o público já se emociona com quem superou doença, imagina com uma menina que vai morrer em alguns meses? O prêmio já é meu! Eu só tenho que sobreviver até a final.

Entro no carro da minha mãe, tremendo. O sol começa a nascer. Acabei de roubar a chave dela, tava na mesa da sala. Ela vai ficar puta? Vai. Mas acho que nossa balança de decepções uma com a outra estará bem equilibrada. Minhas opções eram claras quando levantei da cama. Esperar ela acordar, com o chinelo na mão, e recebê-la para o café dizendo "parece que o jogo virou, não é mesmo?". Ou roubar o carro dela e fugir para o lugar que se foge quando se está fugindo do lugar de fuga. Eu sei que parece glamouroso e libertador, mas vamos lembrar que o carro da minha mãe é um Corsa idoso com adesivos de autoescola.

— Aonde tu tá indo assim, garota?

Quase atropelo o Léo passando pela casa dele.

— Vou atrás do meu pai.

Eu não quero ser o clichê da menina em busca do pai que a abandonou. Eu não quero romantizar essa situação. Minha mãe é uma ótima pessoa e com certeza teve seus motivos para fazer o que fez. Mas eu tenho seis meses de vida, caralho. Eu tenho direito de conhecer e entender tais motivos. Antes de sair de casa eu fiz uma lista de prós e contras de morrer. A melhor parte é ter uma carta branca pra fazer qualquer merda que eu quiser nos próximos meses. Uma carta branca pra errar. Sabe, eu posso lidar com essa revelação de duas formas. Chorando, me desesperando... Ou rindo e pirando. Meus filmes e séries favoritos são justamente aqueles que tratam as tragédias com humor. Eu não vou deixar essa doença me derrubar.

— Você não pode só ligar ou mandar um e-mail pra ele?

— Minha mãe vai proibir e dar um jeito de me trancar em casa e inventar mais mentira e...

Sei lá. Eu só sei que não posso mais ficar aqui. Então dou um selinho estabanado no Léo e acelero. Eu não posso continuar me trancando em casa. Dormir é uma delícia, fazer maratona de série é minha definição de paraíso, mas... Eu preciso mudar. Eu quero dormir menos e viver mais. Preciso viver em seis meses o que não vivi em dezoito anos. Ai ai. Eu quero me tornar uma daquelas pessoas que entende de etimologia, explicar o significado de uma palavra complexa no início do meu desabafo pra parecer brilhante. Especial. Eu quero aprender francês, acho bonito. Mas não sei se eu vou ter tempo. Merda. Eu preciso ter noção de como a cada dia, a cada pequena decisão tomada por medo ou preguiça, a gente se priva das maravilhas que a vida reservou pra acontecer. Eu quero fazer uma promessa: eu nunca mais vou ter medo! Eu quero viver cada dia como se fosse o último sem cair no clichê de tatuar "CARPE DIEM". E eu nunca mais vou me importar com qualquer comentário negativo. Mais que isso, vou reforçar o time dos comentários positivos! Eu quero reencontrar o comissário de bordo, dar um abraço nele e falar "você é bom no que faz, se esse avião tivesse caindo, é a primeira vez que eu saberia o que fazer, porque você se esforçou". Eu quero dar um abraço na mulher do Valkirias que gostou do meu vídeo e falar "mana, me dá uma segunda chance, esse é meu site favorito, todo mundo precisa conhecer!". E eu quero dar um abraço no meu pai e falar...

Pra ele eu não sei o que falar ainda. Mas o abraço é garantido.

Júlia Dois

A pior sensação do mundo é postar uma foto que você achou ótima e ela receber menos likes que o normal. Quer dizer, levar um tiro deve ser incômodo também. Mas, sério, onde foi que eu errei? Que dia horroroso. Odeio quando pego um uber fedorento. Tudo dando errado hoje. Deus do céu, o que fiz pra merecer? Eu tô de biquíni na foto. Uma foto de biquíni ganhando menos like que minha foto anterior, que eu tava de jaqueta? Que aberração. Deve ser culpa do algoritmo.

"Blá blá blá, que menina fútil." Caguei pro que você acha de mim, pode me odiar. Tenho mais like em um post do que você deve ter no feed inteiro. Eu sou a pessoa com o maior número de seguidores do colégio em todas as redes sociais que importam. São 91 mil no Instagram. Eu sou quase famosa. Tem muita atriz de novela com menos seguidores. E eu mantenho a humildade. Dou várias dicas de beleza de graça pras meninas estranhas da turma. Apoio as hashtags certas. Já fiz até palestra antibullying pras turmas mais novas. O segredo da vida não é ser uma boa pessoa. É impossível ser uma boa pessoa 100% do tempo. O segredo é ser escrota só por dentro. Se você falar que isso é hipocrisia, está sendo hipócrita. Todo mundo é meio babaca no pensamento. Ninguém tá vendo, bola pra frente.

Também não tenho paciência pra quem critica a importância que eu dou pra minha imagem nas redes. É coisa de velho. Ou de quem não tem inteligência o suficiente pra saber se destacar. Em primeiro lugar, é o futuro. Aceita que dói menos. Em segundo lugar, é uma arte. Sim. Arte. É arte pra caralho dominar as redes sociais. Como você pode explicar que algumas meninas, bem mais padrãozinho, beleza estereotipada clássica, têm menos seguidores que algumas que seriam consideradas "normais" em um mundo sem Instagram? Inteligência. Arte. Na outra sala do terceiro ano tem duas gêmeas com cara de modelo da Victoria's Secret. Uma com 78 mil seguidores. Outra com 71. Elas são idênticas. Mas uma delas entendeu perfeitamente qual o melhor ângulo do próprio rosto, qual a melhor cor de biquíni para o tom de pele dela e, acima de tudo, qual tipo de material deve ser postado no feed e qual entra nos stories.

Eu não sou a menina mais bonita do colégio. Mas sou aquela que todas as garotas querem ser e que todos os caras querem pegar. Como eu cheguei até aqui? Certo dia, resolvi fazer um photoshoot. Postei seis fotos semelhantes, do mesmo ensaio. Mesma roupa, mesma make, fotos quase iguais. Quase. Uma com sorriso mostrando os dentes, outra com sorriso sem mostrar os dentes, outra totalmente séria. Uma franzindo os olhos sensual, outra posando de fofa etc. E é isso. Com base na quantidade de likes de cada uma, adotei minha estratégia virtual e hoje sou uma das pessoas mais clicadas entre estudantes de ensino médio cariocas. Top 10 com certeza.

Mas hoje é um dia especial. Dia de fazer meu primeiro post pago. Tenho que postar foto com um biquíni de uma marca nova meio cafona. Sabe quando uma estampa fica mais florida que o aceitável? Peço ajuda da Marina para escolher a melhor foto.

— Essa? Ou essa?

Marina tem dificuldade para entender as sutis diferenças. Dá pra ver pela cara dela. Marina é meu braço direito desde o maternal, melhor amiga inseparável. Ela é engraçada, sabe se colocar, uma das melhores alunas da turma e tem um sorriso que, com o filtro certo, poderia fazer posts pagos de marcas de biquíni de bom gosto. Mas usa o insta dela pra compartilhar meme do Chapolin Sincero. É um desperdício de beleza.

— A segunda.

Vitor surge, do nada, se metendo na conversa.

— Tá linda nas duas. Mas na segunda, o fio da franja caindo no rosto tá milimetricamente perfeito. Impossível ter alguma foto na internet inteira sendo postada hoje mais bonita que essa.

Ele sorri, se achando o galã da parada, e segue pra passar pela roleta de entrada.

— Ele é muito fofo. Eu sou total #TeamVitor.

Marina tem problemas para superar términos. Tanto o dela com Tiago quanto o meu com Vitor. Dá pra entender a nostalgia, nós quatro saíamos direto no primeiro e no segundo ano. Era *double date* todo dia.

— Vou postar a outra só de marra.

— Desculpa, amiga, é que eu simpatizo muito com gente que não supera ex. Me identifico. Você voltar com ele me dá esperança de que o Tiago também pode mudar de ideia e querer voltar comigo.

— Se eu te marcar numa foto pra ganhar seguidor você sai dessa bad?

— Aham, cê nunca me marca em nada, sua vaca. Até o Carlinhos cê já marcou nos stories.

— Ele me dá cola em troca de eu marcar ele de vez em quando. É quase post pago também.

Nem todas as partes da minha vida funcionam perfeitamente. Normal. Né?

— Cê tá vendo as fotos que essa menina bota na internet? Quase nua?

— É biquíni. A gente tá no Rio de Janeiro!

Eu tenho uma relação de amor e ódio com meu padrasto. Na maior parte do tempo, só ódio. Mas quando eu penso que minha mãe gosta dele e fica feliz de ter ele por perto, amoleço.

— Você não é minha filha, não é minha função te colocar limite. Mas se você quer ser respeitada, não pode ficar se mostrando toda assim.

Ele se esforça muito pra ser um idiota.

— Eu sei que agora vocês são tudo feminista, acham que podem tudo, mas homem não muda. Homem quer mulher boa, do bem, que se dá valor. Que nem sua mãe.

Muito mesmo. Parece que tem ph.D. em imbecilidade.

— Mãe?!

— Ele tá certo. Tá muito vulgar. Deleta essas fotos.

Sei lá. Tipo... Não sei mesmo. O que eu faço? Eles já terminaram três vezes e ela fica devastada quando acontece. Não consegue levantar da cama. Passa o dia no quarto escuro. Eu não quero isso. Então aguento.

— Depois fica mal falada e não sabe por quê.

— Mal falada? Todo mundo me adora naquele colégio!

— Tenho certeza que os garotos olhando essas fotos adoram mesmo.

Se eu matar ele e fizer parecer que foi um acidente, será que minha mãe vai reagir melhor do que nos términos? Sei lá, mortes acontecem, talvez o sentimento de desfecho seja mais fácil de superar. Enquanto não me decido, só levanto de forma dramática, batendo talher no prato e partindo pro quarto. De vez em quando sou um clichê adolescente. Um clichê adolescente com tendências homicidas.

Vamo encontrar hoje?

Meu celular brilha com a notificação de mensagem. Meus olhos brilham lembrando do lado bom da vida. **Por favor! Não aguento mais essa casa!**, eu digito com o emoji da pistola apontado para o emoji de língua de fora. Saudades do tempo do emoji de arma de verdade. Eu sou contra armas, claro, mas esse emoji da arma verde de brinquedo desmoraliza qualquer drama. E a faca não tem o mesmo impacto. Ninguém esfaqueia a própria cabeça. Tá muito cedo pra já sentir nostalgia da primeira geração de emojis?

Lembra do meu conselho sobre ser uma pessoa escrota, mas só por dentro? Talvez eu não esteja seguindo meu próprio conselho nos últimos meses. Será que, se for por amor, tudo bem? Meu atual peguete, o autor da mensagem, é o Tiago. Ex da Marina. Eu chego na casa dele e nosso beijo é um negócio de outro mundo. E no meio dele eu me sinto culpada por estar traindo minha amiga. Só que aí ele fica mais excitante por envolver algo proibido. É tesão, culpa e adrenalina no mesmo beijo. Cheio de camadas. Impossível resistir.

Eu gosto de pensar que nosso caso é tipo *Medo bobo* — *O filme*. "Medo bobo" é a música mais bonita já composta na história da música brasileira e quem discorda está errado. É um fato. Ponto. Esse capítulo é meu, quem decide as coisas sou eu. Quando você tá lendo Harry Potter não fica pensando "Ah, vassoura que voa não existe". Porque é um fato naquele universo que está sendo descrito. No meu universo, Maiara e Maraísa são rainhas, Marília Mendonça princesinha. Naiara Azevedo é a tesoureira do reino. Eu poderia explicar do que se trata a letra de "Medo bobo" e por que eu me identifico tanto, mas se você não conhece a música ou é um ET invadindo a Terra (e a vida humana está prestes a acabar, então não faz sentido escrever minha história) ou é só uma pessoa bem ignorante mesmo e não vale a pena te explicar. É só jogar "medo bobo letra" no Google.

— Ela ainda gosta de você, eu fico mal.

Fico mesmo. Mas eu digo isso já sem blusa, então...

— E eu gosto de você. E você gosta de mim. Gostar por gostar, tem duas pessoas de um lado. Uma do outro. A gente é maioria. Viva a democracia.

Eu adoro concordar com argumentos que não fazem sentido mas deixam a consciência limpa pra fazer coisa errada.

— Vamos aproveitar que a gente tá sozinho. Minha mãe tá viajando...

Acho que 78% das relações sexuais entre jovens começam com essa frase.

— Eu não sei se eu tô pronta — digo, já de calcinha e sutiã, com uma camisinha nas mãos.

Mas, tipo, é parcialmente verdade. Eu sei como tudo funciona na teoria, mas a prática não é minha especialidade. É, eu sou virgem. Mais cedo eu tava na farmácia. Tinha ido comprar camisinha porque assisti um vídeo dizendo que é bom a mulher ter também. Mas eu não lido bem com essas coisas, fiquei com vergonha e botei na cestinha uma caixa de Neosaldina, um xampu e um condicionador pra disfarçar. Quando cheguei no caixa percebi que o xampu era para cabelos crespos, e o meu é liso. O rótulo tinha foto da Zendaya. E se tivessem que escolher alguma atriz jovem pra me interpretar no cinema, eu sou bem mais parecida com a Elle Fanning. No fundo, eu sou uma versão melhorada da Lili Reinhart. A mulher me olhou com uma cara... Eu pensei "merda, vou ser desmascarada". Por que contei essa história? Porque estar preparada não é o mesmo que estar pronta. Eu fiquei dois anos com o Vitor e, por mais que ele insistisse, nunca rolou nada. Sei lá, não deu vontade. Ele até que era bonito... Mas não era o Tiago. Eu e Tiago nem completamos três meses ainda. E é um segredo absoluto. Mas...

— Júlia, eu sou louco por você. Sério... Você é incrível. Eu nem sei o que eu vejo em você. Não é só beleza, eu juro. Tem muita gente bonita por aí. Você é especial. Você pra mim é tipo o McItália.

— McItália?

— É o melhor hambúrguer de todos os tempos! É um hambúrguer à milanesa, com queijo dentro, queijo fora, queijo por tudo quanto é lado, pepperoni e pãozinho no formato de bola. E o McDonald's sabe que ele é especial! Então só faz de quatro em quatro anos, pra Copa do Mundo. E você é isso. É um McItália numa cidade de BigMacs feitos com pressa.

Meu sutiã saiu no meio da descrição dos ingredientes.

Dor. Neurose com sangue. Mais dor. Lençol branco. Dor. Neurose com o lençol branco. Será que eu tô com dor por causa das neuroses ou tô com neuroses por causa da dor? Tento relaxar e esquecer do lençol. Sinto menos dor. Sinto uma sensação curiosa. Sinto uma sensação interessante. Tá ficando melhor. Tá ficando... Ei, onde você tá indo? Acabou? Acabou quando ia ficar bom? Foi isso? É isso? É sempre assim? Eu fiz algo errado? Era pra eu ter relaxado? Ele fez direito? Ele tá tirando a camisinha, acho que acabou mesmo. O.k. Na próxima melhora. Ele tá sorrindo pra mim. Ele é tão fofo! Tudo bem... Não foi como eu esperava. Mas foi só a primeira vez. O importante é que eu tô apaixonada. E é recíproco! Isso já é uma raridade hoje em dia. Se bobear era mesmo exagero isso que falam de sexo. É só essa sensaçãozinha que eu senti bem rapidinha e todo mundo faz um estardalhaço pra tirar onda.

A campainha toca. Fudeu. Entro em pânico. Os pais dele chegaram mais cedo e... Bom... Qual o problema? Meu pânico logo diminui. E daí? Vou conhecer os sogros mais cedo do que esperava, mas vai render uma boa história pra contar um dia. Entro na sala pronta para conhecer os avós de Cauã, nosso hipotético futuro filho. Tiago está abrindo a porta para Marina, com uma cara de quem jogaria Cauã pela janela sem hesitar caso ele já existisse. Mas resolvo dar uma chance para a Marina. Sabe, ela vai entender. O amor prega peças na gente. Ela é uma pessoa madura e amável, vai nos perdoar.

— Você é um filho da puta. E você é uma filha da puta. Vocês são dois traíras filhos da puta.

Ou não.

Vocês já levaram um soco na cara? Não recomendo. Acontece muito rápido. Um punho indo em direção ao seu rosto e quando você pensa "isso é um soco?" seu nariz já está sangrando. Pelo jeito, será uma noite cheia de primeiras experiências na velocidade da luz envolvendo doses de sangue saindo de diferentes partes do meu corpo. Eu nunca me imaginei como o tipo de pessoa que levaria um soco. Tudo bem que ver sua melhor amiga com o ex-namorado por quem você ainda é apaixonada também deve ter batido na Marina como um soco. Mas socos metafóricos, apesar de doerem mais, são menos inconvenientes que socos físicos. Meu nariz está jorrando tanto sangue que se fizessem um filme sobre nossa história, essa cena faria a censura ser dezoito anos. Vale ainda ressaltar que Marina também bateu no Tiago, o que achei bem pertinente. Se eu não fosse sua melhor amiga, cometendo traição tão grande, acredito até que o soco seria aplicado apenas no rapaz. Mas tenho que assumir que minha primeira reação olhando no espelho da sala foi perceber que eu fico bem sexy sangrando. Vermelho fica muito bem em mim.

    A vida é uma loucura. Um dia a gente acorda se sentindo a mocinha apaixonada de "Medo bobo" e no outro descobre que é a vilã de "50 reais". Eu não faço ideia de como a Marina descobriu que eu tava na casa do Tiago. Mas corro atrás dela, apressada para alcançá-la antes do elevador chegar. Eu sou meio escrota, assumo. Mas eu adoro a Marina. Porra, a gente brincou de Barbie. A gente enchia o bidê do banheiro da mãe dela e fingia que era a piscina da Barbie. Nossa amizade não podia acabar assim.

    — Marina, desculpa, eu te amo, você é minha melhor amiga. Eu tentei evitar, mas a gente tá muito apaixonado! É especial!

    — Especial? Ele te falou isso? Ele usou o papo do McItália? Oi?!

    — Entra no uLeaked que tem ele falando isso pra mais quatro garotas idiotas além de você.

    — Entra no quê?!

    — Descobre sozinha.

    Ela vai embora e, voltando pro apartamento do Tiago, vejo o sol começando a nascer pela janela. Tenho que correr pra aula, perdi a hora total. Mas o Tiago também tem que ir. E ele não parece com pressa, tá sentado olhando pro celular como se o resto do mundo não existisse. Como se eu não existisse. Que merda foi essa? Do que a Marina tava falando? Pego o meu celular... Quarenta e três notificações de mensagem. Tiago entra no banheiro. Liga o chuveiro. Tranca a porta. Bato algumas vezes, chamando ele. Nada. Caralho, o que que tá acontecendo?! Pego minha roupa, boto uma toalha pra segurar o sangue do nariz e saio do apartamento pra ver as mensagens com calma no caminho de volta pra casa.

Já no uber, entro nesse tal de uLeaked e descubro que o Tiago estava ficando com mais outras três meninas em segredo, ao mesmo tempo. Pior: ele falava exatamente as mesmas coisas pra elas. As mesmas coisas que ele falava pra mim e que me faziam sentir tão especial, tão única perto dele. Sabe, pensando bem, essa é a história da minha vida. Eu sempre me apaixono pela pessoa errada. Nos desenhos eu sempre me sentia atraída pelo vilão. Os príncipes encantados eram todos iguais, sem graça. Mas o Jafar me deixava louca. Voldemort falando em língua de cobra então... Me arrepiava a nuca.

Chego em casa. Ninguém acordou ainda. Consigo tomar banho e partir pro colégio antes de ter que explicar o acúmulo de band-aids da Hello Kitty no meu nariz. Entro nos grupos de WhatsApp da turma pra saber o que mais tá acontecendo.

Mensagens sobre mim:

Putinha

Sempre soube que era vadia

Nunca gostei dela

Mensagens sobre ele:

Boa muleeek

Brother tu é foda

MEU ÍDOLO

Um cara engana quatro meninas e é considerado um rei. Uma menina é enganada por um babaca e vira uma vadia. Eu queria muito responder as mensagens com um textão culminando em "e é por isso que precisamos do feminismo", mas depois do que fiz com minha melhor amiga acho que não será o suficiente para reverter minha situação. Que merda. Que merda. Que merda!

— Júlia!

No meio do corredor do colégio, tomado por idiotas dando risinhos e sussurrando apontando pra mim, reencontrar o Tiago consegue ser ainda pior.

— Eu não quero te ver na minha frente, nunca mais — digo.

Tiago me puxa para um banheiro. Tranca a porta. Medo.

— Júlia, é melhor você ir pra casa. O Vitor postou fotos suas num grupo. São fotos que você tinha mandado pra ele, sei lá.

Tiago me mostra o celular. A menina mais popular do colégio, nua, pra todo mundo ver. E cada menino do colégio tinha uma aventura sexual pra inventar sobre mim naquele grupo de WhatsApp. Eu tinha mais de mil amigos no Facebook, mais de 90 mil seguidores no Instagram... E ninguém do meu lado quando eu mais precisei.

— Eu não mandei. Isso... tava no celular dele só. Foi brincadeira. Foi... Eu tirei essas fotos no celular dele, só pra ele... Todo mundo tá vendo isso?

Perto do fim do namoro, o Vitor me pressionava muito. Dizia que todos os amigos dele já tinham "perdido o cabaço", só ele que ainda era virgem. A gente já fazia outras coisas, só não tinha ido até o fim. Eu confiava MUITO nele! Era meu primeiro namorado. Eu conhecia toda a família dele. E ele conhecia a minha! Um dia eu tava apaixonadinha e tinha bebido e... Ele tinha me levado num show do Wesley Safadão. Camarote VIP. Tudo liberado! Eu tava muito feliz. Queria retribuir. A gente foi pra casa dele, eu peguei o celular e tirei umas fotos pra ele guardar de recordação. Eu fui uma idiota, eu sei. Mas como adivinhar que a pessoa com quem você mais dormiu de conchinha na vida vai ser capaz de um dia te sacanear da pior forma possível?

Invadir a sala do Vitor parece dramático, mas necessário.

— Por que você fez isso comigo?!

Coitada da professora, os olhos vermelhos de choro acumulado demonstram que ela já teve que lidar com sua cota de drama do dia.

— Por que você acha? — Vitor responde, com raiva nos olhos.

— Eu juro que não sei!

— Vamo discutir lá fora, não precisa ser na frente de todo mundo.

— Cê agora dá valor pra privacidade?!

A raiva dos meus olhos é maior que a raiva dos olhos dele. Gritinhos de "iaaaaau" e "iihhhh" reverberam na sala. A professora parece desistir de qualquer ação, conferindo as notificações que se acumulam na tela do próprio celular.

— Vai... Diz... Diz que você fez isso porque eu não dei pra você em dois anos de namoro e com o Tiago foi rápido. Seu merda! É só isso que importa?! E os filmes que a gente assistia à tarde depois da aula? Não foram nada?! Nem nossa viagem com seus pais pra Búzios quando a gente se entupiu de crepe no Chez Michou e ficou no quarto o dia inteiro passando mal, brincando de mímica?! Só o que importa é sexo?! É uma recompensa final que você não ganhou?! Acha que é justo acabar com a minha vida por causa disso?!

Não deu pra ficar no colégio, óbvio.

Na rua, sem rumo, chorando, leio as mensagens que chegam do meu padrasto.

Você não tem pena da sua mãe?

Por que você fez isso com ela?

Quando você voltar, vai ficar um ano trancada em casa.

O mesmo padrasto que eu descobri no uLeaked que bate na minha mãe e trai ela o tempo todo.

Pois é. O que dizer? O que fazer? Pra onde ir?

A pior sensação do mundo é postar uma foto que você achou ótima e ela receber menos likes que o normal. Júlia, você é uma imbecil.

Júlia 3

Eu adoro desenhar.

O que é bem frustrante porque eu desenho muito mal.

Mas eu não faço nada bem.

Então se eu não fizer de vez em quando as coisas que eu faço mal eu não vou fazer é nada.

Até pra respirar eu tenho problema, meu nariz tá sempre entupido.

E respirar é aquele tipo de coisa que qualquer um sabe fazer.

Mas eu tenho vergonha.

De desenhar.

Não de respirar.

Respirar eu só tenho vergonha no cinema, quando fica silêncio no meio do filme. Eu respiro altão. Aí prendo a respiração em filme de terror antes da hora do susto pra não estragar a experiência das outras pessoas perto de mim.

Voltando pros desenhos...

Eu só faço desenhos anônimos. Geralmente em portas de banheiro de bar.

No meio de todos aqueles xingamentos e siglas estranhas e desenhos de pênises de diferentes formatos, eu libero minha Arte.

Desculpa escrever frases meio soltas, eu não gosto de parágrafo grande. Sempre me perco lendo parágrafo grande.

Parágrafos magrinhos são mais fáceis de entender.

Antes de entrar no banheiro no Baixo Gávea, tava tudo normal. Eu tava bebendo com o Rodrigo e uns amigos, ele contou uma história longa que eu não entendi direito.

Eu não consigo prestar atenção em nada quando tô com vontade de fazer xixi.

Mas não queria sair no meio da história porque gosto de fingir que entendo todas as histórias que são contadas pra mim.

Agora eu saio do banheiro e pessoas estão se batendo. Será que eu devia ter prestado mais atenção na história do Rodrigo?

Um homem passa na minha frente pegando fogo. Uma poltrona é jogada pela janela de um dos prédios da praça Santos Dumont.

Berros por todo lado.

Um homem deita no chão chorando.

Um carro bate numa árvore e o motorista nem se importa, fica dando socos no próprio air bag como se ele fosse culpado pelo que quer que esteja acontecendo.

RODRIGO – Onde cê foi?! Tava preocupado!

EU – Que que tá acontecendo? Apocalipse zumbi? Amor, não deixa ninguém me morder!

Rodrigo me puxa pro carro dele. Acelera.

Ainda bem que ele tá de carro. Rodrigo é sedentário, corre devagar.

Os zumbis pegariam ele fácil.

RODRIGO – Entraí num site, uLeaked.com.

EU – Eu não sei escrever coisa em inglês.

RODRIGO – Amor, mó doideira. As mensagens particulares de todas as pessoas do mundo vazaram ao mesmo tempo nesse site. Tudo de WhatsApp, direct do Insta, e-mail, snap de gente pelada...

Pânico. Medo. Desespero. Vontade de chorar. Vontade de gritar. Vontade de explodir.

EU – Amor, para aqui um segundinho. Eu quero... fazer xixi. E vomitar. Para o carro. Rápido!

RODRIGO – Você quer fazer xixi e vomitar ao mesmo tempo?

Rodrigo para o carro, eu abro a porta e saio correndo alucinada.

Essa talvez não tenha sido a atitude mais inteligente do mundo, mas eu nunca fui muito inteligente.

Eu sei disso porque um dia, no meu aniversário de doze anos, minha mãe virou pra mim e disse:

"Filhota, você não é muito inteligente."

Ela tava certa. Até hoje eu levo uns quinze segundos pra lembrar qual é o lado direito e qual é o esquerdo.

Minha mãe já tentou explicar várias vezes que "Esquerda é a mão do relógio".

Mas eu não uso relógio! Eu vejo a hora no celular.

Nas coreografias do colégio na infância, dança de fim de ano, eu sempre ficava mais pra trás.

Sabe, ficava olhando o que a amiguinha do lado tava fazendo e tentava fazer igual.

Eu também sempre confundo o que aconteceu em dezembro e o que aconteceu em janeiro.

Porque um fica muito perto do outro.

E nunca entendi por que o Carnaval às vezes é em fevereiro e às vezes é em março.

Mas ninguém nunca me explicou direito, acho que ninguém sabe.

Talvez seja sorteio.

Mas o comentário da minha mãe teve uma segunda parte...

"Filhota, você não é muito inteligente... Então você tem que ser magra pra compensar."

Eu era gorda na pré-adolescência.

Ouvir aquilo da minha mãe mexeu bastante comigo.

Então eu fiz minha primeira dieta.

E minha primeira dieta me rendeu minha primeira amiga.

Com quem eu fiz minha segunda dieta e entrei na academia.

Minhas amizades cresciam a cada quilo perdido.

As blogueiras que eu seguia no Instagram só enlouqueciam ainda mais a minha cabecinha confusa. Todas perfeitas, milhões de seguidores.

Eu seguia uma modelo plus size. Eu adorava ela. Me dava esperanças. Mas aí ela emagreceu. E duplicou sua quantidade de seguidores. E duplicou também minha quantidade de neuroses.

Depois daquilo perdi as esperanças de ser aceita do jeitinho que eu era.

Naquela época eu tive contato com a maior pergunta da história da humanidade: "O que é pior: fazer exercício ou parar de comer?".

Na mesma época eu conheci o Rodrigo, meu namorado.

Não é um namoro muito mágico. Eu esperava muito, sabe. Porque eu via muito filme. Mas a gente só se conheceu numa festa, ficou. Continuou ficando. Uma hora ele me pediu em namoro e eu aceitei.

A primeira vez que eu traí o Rodrigo foi com um menino chamado Diego.

Ele disse que eu era tão linda que ele sonhava comigo todos os dias.

E que tinha começado a tomar Dramin de tarde pra ter mais sono, dormir e matar saudade de mim nos sonhos. Foi um elogio complexo, eu só entendi depois que ele me explicou.

Aí eu disse que ia no banheiro e comecei a chorar na cabine.

Nunca ninguém tinha dito que eu era bonita. Eu era magra há pouco tempo. E o Rodrigo era tímido. Eu tava orgulhosa, sabe?

A décima quinta vez que eu traí o Rodrigo também foi com um Diego.

Mas esse não falou nada bonito, só me agarrou numa festa.

Foram vinte e uma traições no total.

Por que eu fiz isso?

Acho que porque eu... podia.

Eu amava o Rodrigo, não queria terminar com ele.

Mas não conseguia parar de ficar com outras pessoas.

Eu sei que eu amava o Rodrigo porque adorava escovar os dentes perto dele. E eu li em algum lugar que é nos pequenos detalhes que a gente descobre isso.

Quando a gente dormia junto, escovava o dente na mesma hora. E eu ficava lá olhando pra ele, meus dentes já limpos, a babinha caindo, mas não queria cuspir pro momento durar mais.

É claro que eu sempre desconfiei que ele pudesse saber o que eu fazia. Mas agora eu tenho certeza. E não tenho coragem de olhar nos olhos dele nunca mais.

Eu tô tão triste que eu só penso em comer.

Cansei de correr. Ele não me seguiu. Será que já leu as mensagens?

Entro numa loja de conveniência.

Compro Ruffles, Lays e Pringles pra comer as três batatas misturadas ao mesmo tempo.

Eu fazia isso quando era criança assistindo *Bob Esponja*.

Mas na TV da loja tá passando um jornal com uns cinquenta políticos sendo presos de uma vez.

O Bob Esponja não está lá. E quem eu costumava ser também não.

O que foi que eu virei?

Por que eu fiz isso com uma pessoa tão legal?

Eu agora sou só uma leve lembrança, um pequeno resquício do que eu fui um dia.

Que nem aquela aguinha avermelhada que cai do ketchup quando ele fica velho.

JÚLIA CINCO

Sim, a apresentação da Júlia Cinco vem antes da apresentação da Júlia Quatro. Quer ordem? Foda-se. A gente combinou que a minha vinha primeiro.

Antes de começar, um aviso de gatilho: meus capítulos são mais pesados que os das outras Júlias. Eles envolvem assuntos como depressão e suicídio.

Quando um momento mais forte estiver se aproximando, vou avisar. Beleza? Quem quiser pular essas partes, tudo bem. Super entendo. Dependendo do dia, eu mesma pularia. E desculpe por escrevê-las. É que se eu não desabafar de vez em quando sobre as minhas experiências, os pensamentos vão se acumulando dentro da minha cabeça e... Sei lá. Eu tenho medo de perder o controle sobre o que esses pensamentos fazem comigo.

Cinco músicas para escutar lendo o capítulo:

1. Father John Misty — "Nancy from Now On"

2. Beck — "Lost Cause"
3. Belle & Sebastian — "Beautiful"
4. Radiohead — "Videotape"
5. Guillemots — "Little Bear"

Auditório do colégio lotado. Turmas de diferentes idades. Palestra sobre tabagismo, cigarro, saúde, essas coisas... Um saco. Mas eu fico na minha. Não quero arrumar problema. Tô com sono. Sabe aquelas noites que você fica acordando sem querer o tempo todo? E acorda na hora que tem que acordar pra escola toda fudida? Tipo isso. Tô aqui, de boa, usando o moletom de travesseiro. Não quero arrumar problema. Mesmo. Mas tem dia que o problema mesmo vai pra cima de tu.

PALESTRANTE
Aqui podemos ver a diferença do pulmão de
um fumante para o pulmão de alguém que
nunca fumou.

PROFESSOR SILVA
Viu como tá o seu pulmão, Júlia?

O Silva grita para o fundo da sala apontando para um slide com um pulmão tomado por manchas negras. Ele pode até estar certo, tem grandes chances do meu pulmão estar podre (não fumem, crianças). Mas é um professor de meia-idade fazendo bullying gratuito com uma aluna. Não é assim que se ajuda alguém, se o caso dele fosse mesmo a preocupação. O Silva é só um desses machos velhos babacas que não entendem como pessoas mais jovens podem ser mais inteligentes que ele. É do tempo que ser mais velho e experiente significava ter certa vantagem sobre os jovens. Mas a internet virou esse lance todo de cabeça pra baixo. A informação que eu tenho com a internet e a facilidade que a minha geração tem de lidar com ela me tornam superior a ele. Joga os dois numa floresta. Ele pode ser mais forte e talvez tenha forças pra caçar um javali. Mas eu entro num Google Maps da vida e consigo sair da floresta mais rápido. Alguns adultos não sabem lidar com essa vantagem dos jovens no mundo atual. E ficam com raiva. Eu vivo humilhando ele nas aulas de geografia. Adoro quando ele tenta ensinar algo que já está errado e ele não sabe porque não se atualizou.

EU
Era pra ser engraçado? É palestra ou stand-up?

Ele queria me expor. Me fazer sentir mal. Me usar como mau exemplo. Mas ele só fazia eu me destacar. Ser diferente. Sou a única fumante do colégio. Fizeram uma palestra inteira só pra mim?

PROFESSOR SILVA
Quer ir pra coordenação de novo?

EU
Existe mesmo essa opção? Porque eu já fui em enterros mais divertidos que essa palestra.

Iaaaaaau. Uuuuuuuuuh. Gritinhos de provocação de alunos botando pilha ressoam pelo auditório.

> PROFESSOR
> Júlia, sai!

> EU
> Você que começou!

> PROFESSOR SILVA
> Owwwn, que injustiçada. Aproveita bem mais uma suspensão.

> EU
> Parabéns, parabéns. Expulsando a única fumante do colégio da palestra sobre tabagismo. Mandando benzão no seu trabalho. Arrasou!

Acendo um cigarro antes de sair do auditório e jogo a fumaça para dentro. Aline me segue. Eu gostaria algumas linhas explicando quem é Aline mas ela não é tão marcante assim a ponto de merecer muitas linhas. Ela nunca mais será citada na minha parte do livro. Não é por falta de beleza. Aline é atraente. E vegana. Tem um feed interessante no Instagram, organizado de três em três fotos com moldura e tal. De vez em quando acho que ela se assumiu bi para ganhar mais seguidoras, mas sei que comigo ela acabou gostando de verdade. Tenho meus truques. Até menina hétero se diverte comigo.

ALINE
Não liga pra ele...

EU
Caguei pro Silva. Minha mãe que vai ficar
puta com mais uma suspensão. Merda! Eu
tava quieta!

A gente se refugia atrás de uma pilastra enquanto eu termino o cigarro. Aline tenta fazer carinho no meu rosto, mas tô sem paciência pra ela agora.

ALINE
Não me trata assim.

EU
Por que eu trataria diferente?

ALINE
Porque a gente tá... Sei lá. Junto.

EU
Peraí, a gente não tem nada. Para de construir
coisa na sua cabeça. Tem nada sério aqui não.

Parte de mim vai sentir falta da Aline. Ela é tão apaixonada que faz qualquer coisa que eu mandar. Se eu mandasse ela abaixar e me chupar agora ela faria. É muito bom sentir esse tipo de poder. Mas eu arrumo outra assim fácil. No fundo, já cansei dessa. Tchau, Aline. Foi o.k. enquanto durou.

                    ALINE
    A gente não tá só ficando, cê sabe que tem
    algo a mais...

Dou uma risada sarcástica pra doer mais. Sadismo emocional é o meu lance de vez em quando.

                    EU
    Sério? Me conta onde tá esse "algo a mais" que
    eu não vi? Tem alguma prova concreta desse
    "algo a mais"? Algum contrato que eu assinei
    bêbada, chapada?

Aline é do tipo que adora uma conchinha. Dormimos juntas semana passada e foi terrível. Tinha que ter um limite registrado em lei do tempo que a gente precisa ficar de conchinha, sabe? Me abraçou a noite inteira, coisa horrível. Eu morrendo de calor, sem ar. Rostinho colado. Eu respirando o ar que ela jogava pela boca. Pânico disso. Dez, quinze minutos. No máximo. E depois cada uma pro seu lado, dormindo da forma mais livre e confortável possível. Obsessão com conchinha por uma madrugada inteira é o sinal mais deprimente de carência.

EU
O que você ainda tá fazendo aqui?

ALINE
Eu te amo.

EU
Desculpa, falar "eu te amo" já é cafona.
E falar "eu te amo" antes de um mês chega
a ser ridículo.

Aline fica com os olhos marejados. O inspetor nos encontra. Eu apago o cigarro no chão e o sigo para a sala da coordenação. Me sinto mal pela parte de sujar o chão e de que alguém vai ter que limpar e tal. Mas eu tava pistola.

INSPETOR
Acha certo apagar cigarro no chão?

EU
A culpa não é minha se a escola não tem
cinzeiro.

* * *

As pessoas dizem que eu gosto de chamar atenção. Mas não é isso. É que… Tudo que as pessoas querem é um pouco de emoção na vida delas. E é isso que eu proporciono. Eu descobri o segredo da vida. As pessoas são incrivelmente fascinantes quando a gente conhece pouco delas. Quando você acaba de conhecer uma pessoa, tudo é novidade! Tanta coisa pra explorar! O tempo passa, e essa sensação some. É só alguém que você já conhece de cor. Previsível. Sem surpresa. Então o segredo pra ser fascinante é passar sempre rápido pela vida das pessoas.

Não fiquem com raiva de mim pelas coisas que eu digo. Ou fiquem. Tanto faz. Eu só... Não sou assim o tempo todo. Alguns dias são piores que os outros. E todo mundo tem seus gatilhos. Eu já fui a melhor aluna da escola. A mais certinha. Ganhava todas as medalhas, tirava só dez. Tirei segundo lugar no Enem no segundo ano. Mas isso não foi o suficiente pra deixar minha família feliz. Só porque eu sou lésbica. O simples fato de eu não me sentir atraída por homens me transformava na rebelde sem causa da família. A que gostava de chamar atenção. Eu nunca tinha feito nada de errado. Era careta, certinha. Mas foi só eu sair do armário, que de repente eu era uma vergonha. Meu avô parou de falar comigo. Meus tios faziam piada entre eles nos churrascos. É engraçado que meu primo é um imbecil. Reprovou quatro vezes no exame pra tirar carteira de motorista e teve que comprar. Repetente dois anos no colégio. Machista pra caralho, trata a namorada que nem lixo. E ganha presentes de Natal muito melhores que os meus.

Um dia eu cansei. Quando a gente é tratado injustamente como rebelde sem causa por muito tempo, chega uma hora que é melhor...

Dar causa. Eu comecei a fumar, beber mais. Usar tudo que me ofereciam. Saía mais, não parava em casa, não encontrava mais a família, não tinha paciência pra ninguém. Eu aprendi a ser inatingível. Mas todo mundo tem um ponto fraco. O meu é a minha mãe. Ela é a única que nunca mudou comigo. Amava igual a Júlia nerd e a Júlia rebelde. Quando eu fui bem no Enem a gente viajou juntas pra Europa. Só a gente. Meu avô disse que eu não merecia, que eu tava estragando a família. Mas a gente foi. E foi lindo. Isso é tudo que você precisa. Uma pessoa que te entenda no mundo. É o suficiente.

MINHA MÃE
Você tá atrasada!

Deu tempo nem de jogar minha mochila no chão ou de contar da suspensão, minha mãe já tá toda arrumada pra sair e me pressionando. Ela tem um negócio impressionante que é o de nunca estar no horário correto. Minha mãe tá sempre adiantada ou atrasada. Talvez ela goste de ficar revezando entre o tédio de esperar e o desespero da correria. Ser pontual e fazer o que esperam de você deve tirar o sentido da vida. Bom, sei lá qual é a motivação. Só sei que é bem fofo. Ela me inspira. Quem é esse tal de Tempo pra controlar minha mãe? Ela é muito maior que isso.

MINHA MÃE
Aniversário do seu avô, Júlia! A gente combinou!

EU
Não, mãe. Festa de família não. Não, não,
não, não!

MINHA MÃE
Você prometeu que se a gente viajasse, cê ia
se esforçar pra ficar mais perto da família!

EU
Eu me esforço, o problema são eles!

MINHA MÃE
Você vai ter coragem de deixar sua mãe ir
sozinha?!

Mais algumas informações sobre mamãe:

1. Ela tem os olhos do gatinho do *Shrek*.
2. Ela é tão boa de chantagem emocional que poderia facilmente ser uma personagem de *Game of Thrones*. É uma manipuladorazinha danada encantadoramente fofa. Ela vai no seu ponto fraco pra te convencer, sabe? É óbvio que ela é capaz de se virar sozinha em qualquer lugar. Mamãe já foi até motoqueira na adolescência. Mas ela sabe que parte de mim se sente culpada por ela ter se isolado de toda a família pra me defender. E que se ela for sozinha, vai ter que escutar todas as barbaridades daquela gente atrasada sozinha. Caralho, ela nunca me deixou sozinha. Eu também nunca vou conseguir fazer isso com ela.

* * *

Eu odeio churrasco. Quer dizer, eu amo carne (embora tenha uma curiosa quedinha por veganas). Mas odeio esse climão descontraído de um bando de gente potencialmente escrota feliz e bêbada falando o que vem na cabeça. Churrasco de família é um grupo de WhatsApp ao vivo. O WhatsApp, aliás, acabou com essa família. Transformou até as tia veia fofinha numas doida fascista. Um dia elas tavam cantando pra mim "nana neném que a Cuca vem pegar" e um ano depois do WhatsApp já virou "a Cuca tem que pegar mermo tudo quanto é bandido independente da idade, tem essa de neném não". Ah, e eu odeio maionese. Mas acho que isso não tem relevância para despertar uma grande reflexão.

Vou escutando os comentários de sempre enquanto contorno a piscina com meu pratinho de plástico cheio de linguiça e coração: "Precisa vir vestida assim?", "Essa aí adora chamar atenção!".

Não me incomodo. Fico mais chateada por gostar tanto de coração de galinha, pensando que cada galinha tem um coração só pra dar e já comi muito coração, já matei muita galinha indiretamente, puta que pariu, sou uma *serial killer* de galinha, queria virar vegana, não tenho forças para tanto. Humm… Entendi. Eu gosto de veganas porque elas são heroínas a seu modo. Eu não estou deixando de comer galinhas. Mas presenteio essas incríveis mulheres com meu charminho em suas vidas. Tá de bom tamanho. Posso voltar a comer sem culpa.

Eu adoro o Jack. É o lado bom de vir na casa do meu avô. É um cachorrão todo desajeitado, um doguezão alemão bonitaço. Só que agora a família tá com uns bebês novos (e bem feios) e prendem o Jack com uma corrente na casinha dele. Ele fica todo abatido, é bem triste de olhar. E o foda é que o Jack no fundo é um amor, ele nunca machucaria uma criança só por ser grande. Ele é desajeitado? É. Podia, por acidente, assim, talvez, derrubar uma criança feia na piscina? Talvez! Mas com certeza algum adulto pularia a tempo de salvar o pirralho melequento.

> TIO MALA QUE NÃO MERECE SER NOMEADO
> Esse cachorro é um demônio. Não para quieto.
> Três passeadores já pediram demissão. Esse aí
> não tem jeito não. Que nem você.

Até o fim do churrasco empurro o filho desse filho da puta na água. Ou faço ele engolir uma peça de Lego "sem querer". Tenho a impressão de que não gosto muito de crianças.

> MINHA MÃE
> Já deu parabéns pro seu avô?

Respiro fundo, sem saco. Caminho até meu avô, do outro lado da piscina. Me esforço para parecer o mais simpática que consigo naquele ambiente inóspito.

EU
Oi, vô. Parabéns.

Ele consegue me superar. Passa direto por mim. Ignora minha presença, mantendo a palavra de que sou invisível para ele. Reflito sobre o que fazer. Penso calmamente nas consequências de uma possível vingança contra todas aquelas pessoas horrorosas.

Mentira.

Não refleti, não pensei em consequências, quem eu quero enganar? Abro a corrente do Jack e deixo ele fazer o estrago por mim. E que prazer que eu sinto de ver aquele linguão dele se deliciando na maionese bizarra e depois atacando as crianças com o rosto todo melado. Que cena épica. Faço até um boomerang do Jack metendo uma fraldinha enorme na boca com uns três tios barrigudos de chope correndo atrás já sem fôlego. Jack é dos meus, reconhece o valor da subestimada fraldinha.

Já estou do lado de fora esperando o uber quando minha mãe me alcança.

EU
Eu nunca mais venho aqui.

MINHA MÃE
Cê sabe que eu sou diferente deles, né? Eu

te amo. De qualquer jeito. E isso é tudo que você precisa. Uma pessoa que te entenda no mundo. É o suficiente. Eu tenho você. Você tem eu. Combinado?

Eu concordo com a cabeça. Ela volta pra festa.

* * *

O pessoal sempre aparece pra beber no Durango's à noite, no Baixo Botafogo, um nome que acho meio cafona. A cerveja é barata, tem uns podrão gostoso por perto e dá pra roubar o wi-fi de um bar mais chique que abriu do lado. As mesas tomam a rua inteira, o que deve ser ilegal no sentido de leis e tal, mas acaba sendo legal no sentido de ar livre, cigarro e clima gostoso de interação de rua como nos velhos tempos.

O chato é que hoje não está com a menor cara de "velhos tempos". Tá mais pra um "tempos ainda mais novos do que os novos tempos". Não bastasse a já natural presença dos celulares na mão de quase todo mundo, hoje eles são os grandes protagonistas por causa do tal do vazamento das mensagens. Todos na mesa seguram seus smartphones com o uLeaked aberto. Alguns rindo, outros chorando, outros brigando. Eu tô bebendo minha cerveja praticamente sozinha enquanto a Manu e o Daisuke deliram com a novidade do dia. Quero nem saber, vou beber essa merda toda e dividir a conta mesmo assim.

MANU
Top 5 maiores escândalos do dia?

EU
Sei lá. Nem entrei nesse site. Tenho mais o que fazer do que me importar com a vida das outras pessoas. Já tenho problema o suficiente na minha.

DAISUKE
Todas as suas ex-namoradas ainda são loucas por você.

MANU
Impossível você não ter curiosidade do que as pessoas falam pelas suas costas. Não tem ninguém no mundo todo que você se importe do que pensa de você?

Caio na pilha. Entro pela primeira vez no tal site. Essa galera hacker podia fazer uns cursos de design, né? Tudo meio poluído na página, umas caveiras, um verde neon nas fontes. Tipo, os caras criaram o site que tá virando o mundo de cabeça pra baixo. Podiam ter caprichado mais na apresentação. Já vi trabalho de escola com Photoshop melhor, sabe.

Tá começando a chuviscar quando eu digito "Andréa Magalhães Lopes", nome completo de mamãe no campo de busca. Vai que ela tá com umas paqueras, vai ser legal dar uma zoada nela. Espero não encontrar nudes. Imagina descobrir que sua mãe manda nudes...

Dentro do perfil de cada pessoa existe um novo campo de busca próprio, para procurar termos específicos dentro de conversas. Abro as mensagens do grupo de WhatsApp da família (do qual saí ano passado). Busco por "Júlia".

A chuva cai de vez, parece que o céu vai desmoronar. Parte da galera do bar foge pra carros e ubers. Outra parte se refugia na parte coberta do bar chique do lado. Manu e Daisuke tentam me puxar, mas eu não consigo levantar. Eles me deixam sozinha. Celular na mão. Encharcada. No meu celular, trechos de uma conversa entre minha mãe e alguns tios escrotos:

Ulisses: Não veio no batizado do Julio, não vai na casa do pai... Tá foda hein Andréa...
Andréa: A Júlia tem dado muito trabalho, tem sido difícil
Bernardo: Não sei como você aguenta essa menina
Andréa: Eu não sei mais o que fazer
Andréa: Cada dia é uma coisa
Andréa: Vai ser expulsa do colégio até o fim do ano
Andréa: De vez eu quando eu queria que ela fosse uma garota normal

Ulisses: Júlia é um fardo na sua vida
Andréa: Pois é

"Pois é."

"Pois é." Eu só consigo ficar repetindo "Pois é" na minha cabeça.

"Fardo." "Pois é."

Tá difícil pensar porque pensar me leva a pensar que o que eu sempre pensei da minha mãe tava errado. Melhor não pensar. Eu não quero mais pensar. Nunca mais. Eu não quero mais nada. Quero ficar aqui na chuva. Eu não quero mais nada. "Pois é." Eu sou um fardo. É isso que eu sou. Um fardo. Um peso. Um resto. Uma ninguém. Eu sei que eu pareço forte. Que eu pareço até metida. Mas é defesa, sabe. A gente precisa ser arrogante pra se proteger quando todo mundo te ataca. Se a gente for fraca vira alvo fácil. Mas agora eu não sou nada. Eu assumo. Eu sou uma merda. É isso que eu sou. Uma merda que nem a mãe ama. Uma merda sozinha. "Pois é."

Aquele meu aviso de gatilho do começo se aplica a partir daqui. Quem quiser pular o restante do capítulo, pode. Dá pra entender a história mesmo pulando.

Eu roubo uma garrafa de uma bebida qualquer do balcão do bar sem ninguém perceber. Saio pelas ruas menores e escuras de Botafogo com a garrafa na mão, chuva cada vez mais forte. Ando por ruas que eu nunca andaria por serem perigosas naquele horário. Mas eu não me importo. Pode acontecer qualquer coisa comigo. Eu não me importo. Eu nem sei por que continuo andando. Eu não sei pra onde ir. Eu não posso voltar pra casa. Eu não vou voltar pra casa. Eu não quero ver a minha mãe. Eu não quero ver ninguém. Eu caio no chão. Eu bebo mais. Eu abro a bolsa. Eu pego umas cartelas de remédio tarja preta que geralmente uso só pra dormir. Eu tomo o máximo que consigo e bebo o máximo que consigo e tento não pensar em nada o máximo que consigo. Porque pensar dói demais. Sentir dói demais. Eu não quero pensar, não quero sentir, quero só ficar aqui quietinha no chão e ir embora. Deixar de ser um fardo. "A Júlia morreu." "Pois é." "Pelo menos deixou de ser um fardo." "Rsrsrs." "Carinha triste." "RIP." "Pois é." "Churrasco domingo tá de pé?"

Eu não queria passar tão mal, eu só queria morrer. Que vontade de vomitar. Que vontade de dormir. Que vont

J4

Eu tava no curso de inglês quando descobri a existência do uLeaked. Acordei atrasada, acabei nem olhando o celular direito antes da aula. Cheguei a estranhar os inúmeros stories de pessoas chorando, mas presumi que era só um *internet challenge* do dia. A ficha só caiu quando uma menina do meu lado gravou um áudio explicando a situação pra alguém no WhatsApp. Entrei correndo nos portais de notícias e o pânico começou a bater. Meu professor é do tipo que só aceita que a gente fale inglês em sala de aula. Pra ir no banheiro tem que falar "May I go to the bathroom?". Mas como se fala em inglês "Peraí, acho que o mundo tá acabando, preciso saber o que andam falando de mim no uLeaked, esse talvez seja o apocalipse, professor"? Mal sabia eu que não tinha nada com que me preocupar. Isso mesmo. Nenhuma notícia bombástica por aqui. Eu devo ser a única pessoa que não teve nenhum segredo revelado hoje. Porque eu sou a pessoa menos interessante do mundo. Eu não tenho namorado. Não tenho amigos. Meus pais são casados e têm uma vida bem normal e chata. É tudo um tédio. Parte de mim ficou aliviada. Outra parte, frustrada. Pessoas rindo, brigando, chorando, pulando de prédios. E, pra mim, só mais uma terça-feira. É difícil ser diferente.

Eu nunca gostei de me arrumar muito, de me maquiar, de pintar unha. Por que eu tenho que fazer tanta coisa pras pessoas gostarem de mim? Será mesmo possível que num mundão desse, com seis bilhões de pessoas, eu não vá conhecer nunca alguém que me ache incrível do jeito que eu sou??? Meu esforço pra continuar sendo o que eu sou tem suas consequências. Dia desses umas meninas da sala fizeram um pacto pra fingir que eu era invisível por uma semana. Literalmente. Todo mundo fingia que não me ouvia, não falava comigo, esbarrava em mim de propósito. Mas sei lá. Eu sou mesmo toda erradinha. Eu sou alérgica a tudo. Não posso sair de casa. Aí o médico me indicou um remédio pra alergia. E eu descobri que era alérgica ao remédio pra alergia. No curso de inglês é diferente. Eu tenho dois amigos. E eles são sensacionais. O Márcio e a Camilla. Eles gostam das mesmas séries que eu, dos mesmos filmes. O curso de inglês é um lugar mágico. É uma chance de recomeçar onde ninguém te conhece ou sabe do seu passado. É tipo aquele programa de proteção à testemunha. A gente não sai muito. Até porque um dia eu tava com a Camilla no shopping e apareceram as meninas do colégio. A Camilla parece bastante comigo, ela também é negra, temos a mesma altura, olhos da mesma cor, nos vestimos com o mesmo estilo. Só que a Camilla é beeeeem mais bonita. Ou mais próxima do padrão de beleza criado pela sociedade. Ela tem aquelas tranças enormes super cool estilo Iza, sabe? Meu sonho colocar umas tranças dessas. Mas acho que é só pra gente famosa ou meninas mais bonitas. Tenho medo de ficar mais estranha com elas. Enfim, as garotas do colégio nos viram andando juntas e apelidaram a gente de "Antes" e "Depois". Sabe, dos quadros de transformação? Mas toda vez que eu ficava triste, toda vez que eu chorava, ela sabia falar a coisa certa pra me animar. A Camilla era a pessoa mais incrível do mundo. Quer dizer. A segunda. A primeira era o Márcio. Que era namorado dela. E o amor da minha vida. E se eu tivesse um terceiro amigo, talvez tivessem no uLeaked milhares de conversas minhas falando como eu era louca pelos lábios sempre rachados dele. E que achava até estranhamente sexy que ele tinha que ficar passando manteiga de cacau o tempo todo. E que eu adorava voltar de ônibus do ladinho dele quando a Camilla faltava, dividindo o fone ouvindo Taylor Swift. Que ele ama, mas me pede pra não contar pra Camilla, que odeia. E que eu queria agarrar ele o tempo todo. E casar com ele. E ter dois filhos, uma menina e um menino. Um pug que a gente ia chamar de Mauro, porque nós dois somos do tipo que amamos cachorros com nomes humanos. Nosso filho só ia se vestir de super-herói e a filha de princesa. Ou o contrário. Porque nós acreditamos na mesma visão de mundo. Nossas férias seriam na Disney e no parque do Harry Potter ele ia me zoar porque eu fui sorteada pelo Chapéu Seletor para ser da Lufa-Lufa, mesmo querendo ser Grifinória. E ele diria: "Amor, você é super Lufa-Lufa. E eu te amo mesmo assim". Mas pra isso acontecer, o Márcio ou a Camilla teriam que ter descoberto algo sobre o outro pelo uLeaked. Só que não. Os dois eram 100% honestos um com o outro. Eles continuavam juntos e perfeitos. E dentro de mim bateu uma certa tristeza. E uma tristeza ainda maior por ter desejado uma tristeza pras pessoas que me impedem de ser triste sete dias por semana. E é isso. Essa é minha vida idiota e sem emoção. Sabe, eu queria que minha vida fosse como uma música da Taylor Swift.

Cheia de relacionamentos complicados, términos, foras. Mas não é. E nunca vai ser.

* * *

Festinha lá em casa hoje à noite pra quem sobreviveu ao uLeaked. Promete que vai?!

Respondi o Márcio com um emoji piscando mas por dentro eu era aquele emoji sofrendo com a boca aberta quase chorando de pânico. Aniversário da Camilla, eu não podia faltar. Então tô aqui criando coragem pra apertar a campainha. Comprei uma meia fofa de presente pra ela. Trinta e cinco reais numa meia. É caro. Mas era o que eu tinha pra gastar. Sempre fico dividida na hora de comprar presente. Compro uma versão ruim e barata de algo legal ou uma versão legal de algo barato? Escolhi uma meia de Star Wars, ela ama Star Wars, vai gostar de uma meia de Star Wars. Será que os personagens de Star Wars usam meias? Eu sempre me pergunto como personagens de ficção científica e filmes que se passam no futuro em geral lidam com coisas banais. Os vasos sanitários continuam iguais? A descarga da Millennium Falcon é igual de avião, aquele sugadão rápido que dá susto? Ou inventaram algo mais moderno? Será que o fogão tem laser? Inventaram um micro-ondas com a programação correta de pipoca pra estourar todos os milhos e não queimar as precocemente estouradas? Um garoto com uma tatuagem na mão toca a campainha e me olha estranho, tipo "qual é o problema dessa garota, ela não sabe como a tecnologia das campainhas funciona?". Deus do céu, o que eu tô fazendo numa festa frequentada por pessoas com tatuagem na mão? Eu não teria coragem de fazer uma tatuagem nem se fosse um pontinho mínimo atrás da orelha (embora eu tenha pensado nessa piada interna uma vez de tatuar uma pulga atrás da orelha). A festa é tão inóspita que nem tem refrigerante pra beber. Não tem comida. Que que é isso, sabe. Amo a Camilla, mas convidar pra uma festa sem comida é quase falta de caráter. Eu não gosto de beber álcool porque eu acho que a melhor parte de mim é meu pensamento rápido. Eu penso muito e o tempo todo. E ficar com a cabeça lenta e tonta me deixaria frágil na única coisa boa que eu tenho. Tipo, qual o sentido? Todo mundo sabe que coisa com álcool tem gosto ruim e quem bebe só quer se sentir aceito socialmente. Daí pra tatuar a mão é um passo. Eu gosto da minha mãozinha do jeito que ela é. Até me esforço pra resistir a roer a unha. O apartamento do Márcio é bem pequeno, o que deixa minha solidão em evidência. Eu tô perto das pessoas e não falo nada. Não sei o que perguntar pra pessoas com tatuagem. Eu só penso em como a mãe delas reagiu. Minha mãe me daria um tiro. Talvez não um tiro porque ela não tem armas. Mas com certeza jogaria um objeto de médio porte na minha cabeça. O Márcio aparece. Aleluia! Ele sorri pra mim. E eu penso que tatuaria o sorriso dele na minha testa. O amor é pior que álcool. Mas pelo menos tem gostinho de coca-cola. "Quê que tu tá fazendo aí sozinha?", ele diz. "Só conheço você e a Camilla", respondo. "Cadê ela? Comprei um presentinho." "Só você pra ainda dar presente de aniversário hoje em dia." É, eu odeio o fato de que as pessoas pararam de dar presente de aniversário, qual é a graça de aniversários sem presentes??? "Tem uma plantinha no seu cabelo, deixa eu tirar." É orégano. Tem sempre algum resto de comida no meu cabelo porque eu me enrolo toda cozinhando. Mas não desminto porque me senti sexy tendo planta no cabelo e imaginei a gente rolando num campo no meio do outono. "A Cammy tá lá no quarto. Chegaí, vou te apresentar pruma galera." Toda a galera em questão tá mexendo no celular, fofocando sobre o uLeaked. O bom desse site é que ele uniu todas as tribos de todas as classes sociais e países do mundo, sabe. Não consigo imaginar alguém que não esteja interessado em conhecer os segredos dos outros. "Tamo conversando sobre as merdas que rolaram hoje", diz um desbocado. "Minha mãe tentou atropelar meu pai. Com o carro dele. Ela tava com tanta raiva que atropelar com o carro dela não era o suficiente. Ela precisava amassar o carro dele no processo", diz outro e eu tenho vontade de rir, mas percebo que o Márcio tá se afastando pra dar atenção pra outra galera e aí eu fico é com vontade de chorar. É feio eu sair da festa sem ter dado parabéns pra Camilla? Sei lá o que ela tá fazendo nesse quarto que ela não sai. Deve ser drogas. Ela é muito legal mas deve gostar de drogas leves estilo porta de entrada. Aff. Já consegui abandonar o grupo que fofocava sobre o uLeaked sem ninguém perceber. Não foi difícil, uma das minhas especialidades é fazer coisas sem ninguém perceber. Acabei de pular um polichinelo pra provar minha teoria e ninguém se assustou. É o talento mais triste do mundo, mas não deixa de ser um talento. É isso. Vou embora. Deixei meu presentinho, marquei presença. Finjo que passei mal por causa da fumaça dos cigarros. Meu cabelo tá fedendo a cigarro, que nojo. Gosto muito mais dele com cheiro de orégano.

* * *

Chuvão danado, uber tá uma fortuna. Decido ir andando na chuva mesmo até o metrô. Eu gosto de chuva porque eu posso usar meu guarda-chuva transparente. Eu acho bem lindo ver a água caindo nele. Reconheço que subestimei a potência da chuva de hoje, o vento tá tão forte que tá quase dobrando meu guarda-chuvinha poético. Não sei se tô com mais medo da chuva ou de estragar o guarda-chuva. Altas emoções. Encontro uma marquise. Corro pra ela, preciso pensar nas minhas opções. Peço abrigo pro porteiro do prédio? Esse tipo de coisa é socialmente aceitável? Tento acenar, ele tá concentrado na TVzinha dele. Eu sei que me viu, mas decidiu ignorar. Odeio gente que faz isso. Vê o outro em perigo e segue com sua vidinha segura. O uber tá mais caro ainda, maldita tarifa dinâmica. Respiro fundo e saio correndo. A ideia é chegar mais rápido no metrô. A realidade é tomar mais chuva na cara. Engulo uns três litros de água no processo e piso em três poças com a profundidade do oceano Pacífico. Meu guarda-chuva já virou um ex-guarda-chuva. Todo virado pra fora, os arames saltando... O bom é que se eu for assaltada nessa rua escura, tenho uma arma perigosíssima pra me defender... Ai, ai. Quem eu quero enganar? Dez reais no bolso. Eu falaria "Seu bandido, cuidado com o arame, topa rachar um uber?". No meio dos meus diálogos fantasiosos com um bandido que se apaixonaria por mim e largaria o mundo do crime, vejo uma menina caída no chão. Corro até ela. Seus olhos ainda estão abertos, mas o corpo parece sem vida. Umas cartelas de remédio do lado, uma garrafa. Grito por socorro, ninguém aparece. Tento balançar o corpo dela, mas ela não reage. Penso em seguir meu caminho, mas lembro da raiva que fiquei do porteiro ignorando meu desespero pra ver TV.

Eu tento falar com ela: "Ei! Tá tudo bem? Fala comigo! Oi! Ooooooi! O dia tá complicado, eu quero te ajudar, mas não sei se você quer minha ajuda. Porque se você tentou fazer isso, você deve ter seus motivos, né? Você quer que eu te ajude? O que eu faço? Meu Deus, o que eu faço? Eu chamo alguém? Quer que eu chame alguém? Quer que eu vá embora? Um pouquinho de privacidade é bom nessas horas, né? Não tô aqui pra te julgar. Quer um carinho, um abraço? Quer que eu cante sua música favorita? Faz algum sinal! Você consegue piscar?!"

Ela fecha os olhos. Será que ela morreu ou tá só piscando lentamente?

[2/5]

Júlia Dois

Eu não sou uma má pessoa. Mas devo reconhecer que no time das "boas pessoas" eu seria reserva. Por exemplo... Agora tem duas garotas ali na chuva, eu aqui na marquise sequinha pensando sobre a vida. Uma tá gritando histérica e a outra parece estar desmaiada. Eu espero que esteja morta, pois só a morte pra justificar tanta histeria. Que menina histérica, Deus do céu. Estou cogitando ajudá-las. Viu? Boa pessoa. Mas, no fundo, desejo que outra boa pessoa (do time titular) passe por aqui e as ajude antes para que eu não precise me molhar.

— PELAMORDEDEUS ALGUÉM AJUDA A GENTE!

Que garota irritante, que grito estridente. Se fosse o contrário, se fosse ela a morta e a outra procurando ajuda, eu já teria ajudado.

— ALGUÉM ME AJUDA, EU ACHO QUE ESSA GAROTA TÁ MORTA!

Eu também acho. Pra que essa urgência se ela já tá morta? Um senhorzinho passa do outro lado da rua. Correndo naquela velocidade de senhorzinho que equivale ao andar comum de uma pessoa jovem. Por favor, senhorzinho trotante, olha pra elas e ajuda. Você é minha última chance.

— SOCORRO! SOCORRO!

O senhorzinho foi trotando até a portaria de um prédio e entrou. É. O.k. Hora de entrar no jogo. Lá vou eu encharcar minha blusinha Gucci comprada no Soho naquele dia lindo quando almoçamos no Balthazar em Nova York. Olha, sinceramente, melhor filé com fritas do universo. Aff. Saudades daquele filé. Eu sei que essa parte do raciocínio tá ficando um pouco elitista, mas vale a pena. Temos que ter prioridades na vida e uma prioridade máxima é sempre compartilhar dicas de viagem.

— DEUS, MANDA ALGUÉM AQUI PRA AJUDAR A GENTE!

Aff, lá vou eu ajudar agora pra Deus levar o crédito no meu lugar.

— Se controla, garota! Vem, vamos levar ela pro hospital.

A garota histérica finalmente cala a porra da boca e a gente carrega a defunta até a esquina onde ainda passam alguns carros. Três quase atropelam a gente. Dois passam distantes.

— DEUS, FAZ UM CARRO PARAR PRA GENTE!

Deus, faz essa garota parar de me irritar.

— O QUE A GENTE VAI FAZER?

— Você não quer seguir com a vida e eu ajudo ela? Me viro melhor sozinha.

Um carro de autoescola para e abre a porta pra gente entrar. Claro, porque tudo que eu quero num dia de chuva é entrar no carro de alguém que tá aprendendo a dirigir. A histérica e a defunta entram. A motorista tem uma aparência simpática. Gostei da blusa largona dela com o rosto daquele coelho famoso daquele desenho velho que tem um pato também. Não sei se é larga e feia de propósito, portanto cool, ou de desleixo, o que seria mais cool ainda.

— Tudo resolvido, né? Fiz minha parte, tô indo!
— E você vai ficar nessa chuva?
A motorista cool tem razão. Eu já entrei em piscinas mais secas que esse temporal. Entro no banco da frente pra pelo menos garantir que ninguém coloque uma música escrota na rádio.
— A GENTE PRECISA CORRER PRA UM HOSPITAL!
Acho que o caps lock já indica de quem é a fala, né?
— E pra onde fica o hospital?! Eu não sou daqui!
Eu indico a direção e salvo o dia mais uma vez. Se a defunta sobreviver, eu sou, sem dúvidas, a heroína dessa história.
— CORRE!
— EU TÔ CORRENDO!
— PARA DE GRITAR, CARALHO!
O.k., uma pergunta rápida e importante, quem está no banco do carona de um atropelamento pode ser considerada cúmplice caso a atropelada venha a falecer? As outras duas saltaram do carro e foram socorrer uma menina que a gente acabou de acertar em alta velocidade. Será que eu corro? Eu não gostaria de ser presa. Se desse pra evitar seria ótimo, eu nem me importo se o preço for a expulsão do time das pessoas boas.
— VOCÊ MATOU ELA!
Elas voltam pro carro com a segunda defunta do dia nos ombros.
— Você que mandou eu correr! Agora a gente tem duas pra levar pro hospital!
Se você pensar, podia ser pior. Pelo menos as duas vão pro mesmo lugar. Uma podia tá precisando ir pro mercado. Ia dar mais trabalho.

— O que tá acontecendo? Eu morri? Vocês são anjos?

A defunta atropelada desperta e sinto que ela tem o potencial de ser ainda mais irritante que a histérica. Tento ser a adulta da situação e explico pra ex-defunta que foi um acidente, que ela está viva, e ainda parabenizo a motorista cool por não ser uma assassina. Ela ficou ainda mais cool com a blusa do coelho toda suja de sangue. Parece uma psicopata? Sim. Mas uma psicopata que segue as pessoas certas no Instagram.

— Vai me dizendo o caminho do hospital, eu não sou daqui. — Ela dá a partida e acelera. Será que ela roubou esse carro de autoescola? Seria ela uma *serial killer* que atrai suas vítimas com aulas de direção? Olha, Netflix, taí uma série que eu assistiria.

— A gente precisa fazer essa menina vomitar — diz a histérica de forma surpreendentemente sensata.

— NINGUÉM VOMITA NO CARRO DA MINHA MÃE — diz a cool de forma surpreendentemente histérica.

— CUIDADO!

Freio. Eu, sem cinto, bato de cara no vidro e meu nariz, já socado horas antes, volta a sangrar. Se eu não tinha desvio de septo agora com certeza eu tenho. Carros e mais carros. Alguns abandonados. Congestionamento gigante. Explosão. Pessoas correndo. Caos. Coisa de filme. Ataque zumbi? Mega arrastão? Fim do mundo? Sei lá, quem se importa? Eu não tenho nem casa pra voltar hoje. Quando sua vida sai tanto do rumo que a melhor opção pra passar a noite é na companhia de quatro desconhecidas em um carro de autoescola, o fim do mundo traz pelo menos o conforto de saber que algumas pessoas que odeio também vão morrer.

Um grupo de jovens com o rosto coberto corre no sentido oposto ao da via quebrando vidraças e pulando sobre os carros. Aposto que são jovens de extrema-direita que sempre quiseram uma desculpa pra poder sair por aí quebrando tudo. Não que eu seja de esquerda. Gosto de pensar que eu sou da "direita-com-noção-que-ficou-constrangida-de-estar-no-mesmo-grupo-que-a-direita-sem-noção-e-depois-era-tarde-demais-pra-fazer-algo-a-respeito-e-é-isso-quem-nunca-errou-hahaha-o-brasil-vai-acabar-perdão-desculpaê-eu-só-queria-o-dólar-mais-baixo-macbook-aqui-tá-carão-tô-apagando-todos-os-meus-posts-antigos-malditos-vinte-centavos".

A futura protagonista de série da Netflix dá ré apressada, vira o carro na contramão, acelera e a cada veículo desviando de nós no caminho parece mais certo que o título de um livro sobre nossas vidas seria *Cinco defuntas*.

— A gente precisa sair dessa chuva — diz nossa líder. Sei lá, se eu não estivesse com o nariz jorrando sangue num fluxo estilo Foz do Iguaçu talvez me sentisse a líder natural do grupo. Mas depois de hoje eu não quero comandar nem meu destino e minhas escolhas.

Ela entra de forma brusca no que parece ser um motel. O letreiro em neon ilumina nossos rostos e reparo que a menina que salvamos da chuva abriu os olhos. Parece sem forças, mas viva. O funcionário na portaria do motel abre o maior sorriso do mundo ao descobrir que são cinco meninas em busca de um quarto.

— Pergunta se tem quarto com piscina — pede a atropelada. *Me atropelem*, peço mentalmente, desesperada por estar presa entre essas loucas e um dilúvio feat. arrastão. Minha vida está nas mãos do destino. E ele com certeza está alcoolizado.

J4

"Que foi?", são as duas primeiras palavras que ela consegue murmurar, me encarando, emburrada, encharcada, embaixo do chuveiro ligado. Eu já fiz ela vomitar litros e sei que isso pode soar nojento para alguns, mas eu amei cada mililitro da experiência. Sempre sonhei em ser a pessoa que segurava o cabelo da amiga enquanto ela vomitava. Nunca tive a oportunidade. Isso é o mais próximo de "viver a vida" que já cheguei. Pego a minha bolsa e deixo separada uma roupinha pra ela usar pós-banho. Eu não sabia se ia ter piscina na casa da Camilla, achei bom levar uma roupa reserva. Mas, pela cara dela, talvez ela prefira ficar molhada do que vestir minha blusinha roxa com estampa da Meredith com chifrinho de unicórnio. Meredith poderia ser a Grey, claro, da melhor série de todos os tempos (*Grey's Anatomy*). Eu adoraria ter uma blusinha da Meredith Grey, fica aí a dica de presente. Mas a que ofereço para a moça semiacordada no chuveiro é da Meredith Swift, gatinha carismática da Taylor Swift (cuja inspiração do nome é a Grey, eu e minha ídola temos as mesmas referências). Eu amo gatos. O que é bem triste, já que sou alérgica a eles também. É um amor meio *Romeu e Julieta*, portanto. Proibido. Mas eu não desisto. Já que não posso ter um gato real, me encho de merchandising felino. Voltando aos seres humanos, a moça continua me encarando. Ela é daquelas mulheres bonitas que ficam ainda mais bonitas de cara fechada e/ ou se esforçando pra não ser bonita. Ela tá ali no cantinho, toda molhada, maquiagem borrada, cheia de arranhões e hematomas (a gente deixou ela cair algumas vezes no processo de trazê-la nos ombros pro quarto), pouco tempo depois de ter tentado cometer suicídio... E cada detalhe trágico do seu dia parece ter deixado ela ainda mais bonita. Parabéns, sabe. Impressionante. Então pego minha bolsinha de remédios, tiro todas as cartelas e jogo no chão, ao lado do box. "Eu fiquei culpada de te salvar, vai que cê tava planejando se matar há muito tempo... Então aqui tem uns remédios se você quiser tentar de novo. Minha bolsa só tinha remédio de gripe, que não deve adiantar pra nada, mas o que vale é a intenção, né?" Ela desliga o chuveiro, estica o braço, pega as cartelas... E joga todas no lixo. Entendo a rebeldia, mas fico chateada. Agora se eu ficar gripada por causa da chuva não terei o que tomar. Ela passa mal e volta a vomitar no vaso. Deixo de lado a chateação. Quem se importa com um nariz entupido quando você pode segurar o cabelo de uma amiga e se sentir viva?

Júlia 3

Que bom que elas me atropelaram.

Eu não sabia pra onde ir.

Eu gosto quando decidem por mim.

As duas meninas voltam do banheiro em silêncio. As duas que tavam comigo aqui no quarto continuam em silêncio também. É um grupinho silencioso.

Ligo a TV e tá passando um pornô maneiro.

Eu adoro filme pornô porque é fácil de entender a história.

Tento quebrar o clima pesado.

EU – Cês voltaram! Se liga nesse filme, olha o que essa moça faz com a bola de sinuca.

É realmente impressionante a habilidade da estrela dessa obra. Queria ter tanto domínio assim sobre minha musculatura. Todas me ignoram.

Continuo assistindo sozinha. Talvez elas não gostem de arte.

Mas quero me enturmar. Faço uma segunda tentativa de animar o ambiente.

EU – Acho que esse é o momento perfeito pra uma rodada de apresentações, hein?

Silêncio. Algumas caras feias. Alguns suspiros sem paciência. Acho que serei ignorada novamente.

GAROTA QUE ME ATROPELOU – Eu sou a Júlia.

GAROTA FOFA – Meu nome também é Júlia.

GAROTA COM CARA DE INFLUENCER – O meu também.

EU – Jura? Eu também sou Júlia! Quer dizer, eu sou outra Júlia. Não a mesma Júlia que vocês. Eu acho. Porque sempre tem a possibilidade de alguma de vocês ser uma versão minha do futuro vindo avisar que algo muito chocante vai acontecer. Mas se for isso, meio que chegou atrasada, né?

Todas olham pra única que ainda não se apresentou. Ela revira os olhos.

GAROTA QUE TAVA VOMITANDO CACHOEIRAS – É, também sou Júlia.

Estranhamento geral no quarto.

Quais as chances de cinco Júlias se reunirem ao acaso no meio desse caos todo pelo mundo?

EU – Isso tá com um cheirinho de destino, hein?

JÚLIA COM CARA DE INFLUENCER – Não é destino, é falta de criatividade das mães dos anos 2000. Todas chamaram as filhas de Júlia. Vai acontecer o mesmo com Sophias e Valentinas.

EU – Júlia?

AS OUTRAS – Quê?

Eu morro de rir.

Elas não.

Hoje é o melhor pior dia da minha vida.

JÚLIA COM CARA DE INFLUENCER – Eu preciso ir embora daqui. Alguém tá conseguindo pedir uber?

EU – Vamo criar apelidos pra facilitar nossa amizade?

JÚLIA COM CARA DE INFLUENCER – Amizade? Eu vou conseguir um uber e a gente nunca mais vai se ver.

JÚLIA QUE ME ATROPELOU – Eu acho mais seguro a gente passar a noite aqui. Amanhã de manhã cada uma vai pro seu lado.

Agora que tão todas conversando eu tô bem mais tranquila. Tá parecendo uma excursão de colégio.

Uma excursão com uma turma que eu conheci hoje. Mas eu tô acostumada.

Como eu repeti de ano duas vezes, sempre sou obrigada a lidar com gente nova. Sou boa nisso.

EU – Como a gente ainda não tem intimidade pra criar apelido, a gente pode sortear quem vai ser Júlia 1, Júlia 2, Júlia 3...

JÚLIA COM CARA DE INFLUENCER – Não precisa de sorteio. Você é a 1. Eu sou a 2, ela é a...

EU – Eu não quero ser a 1. É muita pressão.

JÚLIA FOFA – Acho mais justo sortear mesmo.

Encontro caneta e um bloquinho na gaveta ao lado da cama para preparar os papeizinhos do sorteio.

Duas folhas do bloquinho já estavam preenchidas, o que me leva a questionar o nível de dedicação da equipe de limpeza do motel.

Eu não devia ter entrado no ofurô.

Arranco as páginas usadas e jogo fora. Uma tinha vários desenhos de pênises, a outra tinha jogos da velha. Quem vem pro motel jogar jogo da velha? Coitado do casal aqui presente em tal noite. Se pelo menos fosse um joguinho de forca... Forca tem mais emoção. Tem risco de vida e tal.

Eu nunca ganhei um jogo de forca com mais de seis letras em disputa.

Meus bonequinhos sempre morrem.

Um minuto de silêncio por todos os bonequinhos de forca que já morreram por minha causa.

Coloco os papeizinhos numerados do sorteio em um cinzeiro e elas vão pegando, uma de cada vez.

JÚLIA QUE ME ATROPELOU (E JÁ PERDOEI) – Um. Eu sou a Júlia 1.

JÚLIA COM CARA DE INFLUENCER QUE NÃO INFLUENCIOU NINGUÉM ATÉ AGORA – Dois.

JÚLIA MISTERIOSA QUE PAROU DE VOMITAR – Três.

JÚLIA FOFA GENTE FINA SIMPÁTICA – Quatro.

EU – Eu não quero ser a última, alguém troca comigo?

A Júlia misteriosa se revela simpática e troca comigo.

Sou Júlia 3, prazer.

J3, para os íntimos.

J2 – Vou tentar dormir.

J4 – Eu tô sem sono.

J1 – A gente pode contar nossas histórias uma pra outra até pegar no sono.

J5 – Por que eu vou querer contar minha história pra cinco desconhecidas? Só porque a gente tem o mesmo nome?

J1 – Somos cinco meninas presas em um quarto de motel, chuva torrencial lá fora, pessoas dando tiro umas nas outras. Ou a gente conversa ou fazemos maratona de pornôs dos anos 90.

Desligo a TV. Nenhuma história me parece mais atrativa nesse momento que a dessas quatro Júlias que me encontraram quando tudo parecia de cabeça pra baixo.

É um encontro que me dá uma esperança de que tudo faça sentido em algum lugar.

Que eu tô passando por isso, mas vai dar tudo certo.

Se fosse pra dar errado, não teria nada mágico.

Cada uma teria um nome.

Joana, Maria, Sérgia, Benedita.

Mas não. São quatro Júlias. E eu. Júlia 3.

Isso tem que ser prova de que a vida é meio mágica e vai ficar tudo bem.

Só pode ser.

Que bom que elas me atropelaram.

Júlia Um

Nunca pensei que seria assim minha primeira vez em um motel. E nem que motéis seriam tão parecidos com simples hotéis. É claro que a cadeira erótica e o pole [dance] não devem ser comuns em redes como Windsor e Sheraton [assim acredito, não tenho nem roupa pra ir num desses], mas sempre imaginei que todos os quartos de motel fossem temáticos. Medieval, espacial, caipira. Uma vez achei no Google um quarto de motel do Batman. Então é certamente decepcionante encontrar esse quarto bege com lençóis brancos. Taí uma grande oportunidade de mercado. Se eu tivesse grana, investiria num motel de super-heróis. O quarto do Aquaman com colchão d'água, piscina com peixes estampados nos azulejos. Do Homem-Aranha a cama ficaria no teto, você tem que se amarrar nela e praticar o ato sexual de cabeça para baixo. No quarto do Thor, o Deus do Trovão, a cama daria uns choques. Não choques fortes. Tipo de eletroestimulação, aquele exercício do colete que dá choque que as celebridades fazem. Só pra dar uma eletroestimulada mesmo. Enfim, tem todo um mercado aí pra ser explorado. Interessados, favor procurar meus representantes.

[Quero emplacar alguma ideia milionária antes do meu falecimento para deixar minha mãe e minha avó ricas e, portanto, menos abaladas com minha precoce partida.]

Da companhia não posso reclamar. São quatro figuras interessantíssimas. Elas contam suas histórias de como chegaram até aqui e fico realmente entretida.

[Entretida no sentido de interessada, prestando atenção.]

[Tem algumas tragédias pesadas no meio, não são exatamente entretenimento no sentido hahaha.]

Falando em tragédia, acabo escolhendo não contar a minha. Quer dizer… conto sobre meu pai. Sobre meu sonho de ser escritora. E sobre o peitoral do Léo. Mas omito a parte "vou morrer" da minha saga. Não quero ninguém olhando com pena pra mim. Eu tô me esforçando pra levar toda essa história de morte no humor. Mas acredito que outras pessoas possam ter dificuldade pra manter essa vibe. Parafraseando o segundo artista mais importante do mundo hoje [perde apenas pra Beyoncé, claro, que é Deus na Terra], "Júlias, don't kill my vibe".

Pego meu violão e fico dedilhando qualquer coisa enquanto conversamos. Não, eu juro que não sou a "mala da rodinha de violão". Eu odeio rodinha de violão. Se alguém puxar um Djavan eu pulo da janela junto com meu violãozinho querido. Eu só gosto de dar uma "trilhasonorazinha" pra vida. É socialmente aceito amar tocar violão e odiar rodinha de violão ao mesmo tempo?

[Esse violão dá uma saudade do Léo…]

Tento dedilhar de cabeça alguns acordes de "If You're Feeling Sinister". É uma música triste que me traz certa paz. Espero que leve paz pra elas também. Hoje o dia foi difícil pra todas nós. Eu gosto de Belle and Sebastian porque minha mãe me apresentou antes de eu saber qualquer coisa em inglês. Não entendia nada do que o Stuart Murdoch falava. Então embora as letras sejam sobre temas pesados como depressão e suicídio, a sensação que elas me trazem é sempre de amor e doçura. Além das melodias gostosas de escutar [e tocar], a memória que tenho atrelada a elas é a de nós duas cantando juntas no carro quando ela ia me deixar na escola. Berros animados de "OH YEAH SHE'S LOSING IT" como se fosse uma letrinha leve pop feliz jotaquestiana.

[Jota Quest, aliás, é subestimado.]

[Falei e saí correndo.]

Tudo isso pra dizer que a dor pode virar uma coisa bonita e ganhar outros significados quando transformada em arte.

["O que eu também não entendo" é uma canção excelente.]

[Mamãe colocava no rádio também.]

[Enfim.]

Arte. Eu começo a dedilhar "The Only Thing", música mais triste do álbum mais triste do cantor mais triste, Sufjan Stevens. E de toda essa tristeza surge um sorriso, de Júlia Cinco.

— Eu adoro essa música.

Eu não considero de todo ruim o que aconteceu hoje. É bom um choque drástico pras pessoas entenderem o lado ruim da internet. Sim, eu implico com a internet. Sou uma velhinha precoce, lembra? O.k., tem a parte boa e ela é ótima. Pessoas que nunca tiveram voz, tendo voz. Toda a informação do mundo no seu bolso. Netflix. Imagens e vídeos de filhotes sendo fofos. Meu favorito pessoal: ouriços bebês tomando banho.

Dito isso, estou prestes a revelar a parte mais polêmica da minha personalidade. Prontos? Será um choque. Talvez vocês me odeiem. Talvez o livro seja jogado contra a parede. O.k. Vamos lá. Eu odeio memes.

Memes estão no Top 20 das piores coisas que aconteceram pra humanidade. E redes sociais também. Olha, eu vivo dando risada de meme. Eu consumo. Mas faz mal. Tipo fast-food. Não nego um burgão com batata frita douradinha. Mas não posso negar que uma saladinha cairia melhor pro meu metabolismo.

Memes têm o formato ideal para espalhar ideias conservadoras e reducionistas. Eles são de rápido consumo, não exigem raciocínio. Eles são feitos para você concordar dentro da sua bolha. E não convencem ninguém de nada. Consegue imaginar uma patricinha coxinha olhando um meme da Barbie Fascista e pensando "poxa, pois é, eu sou assim mesmo, tenho que rever meus conceitos"? Claro que não. Porque o meme não propõe reflexão. Ele é pra rir ou pra despertar ódio. Sem contar que é um humor fácil, um dia todo mundo vai perceber que é o humor *A Praça é Nossa* da nossa geração. Tem o lado bom, democratiza o humor, todo mundo pode fazer... Mas não sei se vale o prejuízo.

E a arte no meio disso? Arte te faz pensar. Te faz sentir. Te faz mudar de ideia. Sentimentos e ideias são conceitos complexos demais para caber em memes e posts. Precisam de livros, filmes, músicas, quadros abstratos. Daí vem o potencial revolucionário da arte. A gente precisa de coisas difíceis de entender pra entender que as coisas são difíceis de entender.

Se o uLeaked deixar geral com um pé atrás com a internet e fizer as pessoas voltarem a criar mais poemas, músicas, histórias e compartilhar menos coisas prontas e fáceis, valeu a pena o mundo virar de cabeça pra baixo. Que esse caos, no mínimo, sirva de inspiração pra voltarem a criar conteúdos originais. É o que eu tô tentando com esse livro/ diário. Não sei se vai prestar. Mas pelo menos é alguma coisa. Minha. Que eu tô deixando aí pra quem for ler. Refletindo a baguncinha da minha cabeça. Espero que ela soe interessante pra alguém.

[Peço desculpas pela metalinguagem, sei que é um recurso batido.]

[Mas eu sempre amei clichês, cada um com seus *guilty pleasures*.]

[Eu não acredito que usei uma parte do livro pra elogiar o Jota Quest.]

[Pausa pra ressaltar que existe uma parte incrível na internet que é descobrir e ler mulheres incríveis.]

[Chimamanda Ngozi Adichie, obrigada por tudo.]

Eu sempre quis fazer arte de alguma forma. Fosse escrevendo, cantando, dançando, pintando. Os artistas sempre me fascinaram. Eles são os líderes do time das pessoas que tentam dar graça pro universo.

Esse talvez seja o melhor momento para falar sobre o meu álbum favorito. E sobre como, de alguma forma, ele agora parece uma premonição do que minha vida se tornou. *A Crow Looked at Me*, do Mount Eerie. Phil Elverum, cara por trás do Mount Eerie, perdeu a esposa Geneviève para um câncer no pâncreas. Esse é um tipo de câncer comum em pessoas que já passaram dos sessenta anos. Ela tinha trinta e cinco. E a filha do casal havia acabado de nascer. Difícil pensar numa situação mais triste. Sempre achei Mount Eerie bacana, assim como The Microphones, outro projeto do Phil Elverum. Mas nunca foi dos artistas mais presentes em minhas playlists. Até que tudo isso aconteceu com ele. E, como resultado, veio *A Crow Looked at Me*. Um álbum sobre o luto e tudo o que acontece depois. Um dos melhores álbuns de todos os tempos. Que só foi possível porque a pior coisa que poderia acontecer com uma pessoa aconteceu com ele. E eu sei que ele trocaria a vida da esposa pelo álbum, independente de sua qualidade e relevância. E eu também, claro, gostaria de permanecer viva. Mas a gente não escreve a nossa vida. Eu vou morrer. Então que, pelo menos, eu tente usar essa dor e esse medo e esse desespero que eu tô sentindo pra escrever algo tão bonito quanto "Seaweed".

Antes de ir para São Paulo, resolvi passar pelo Rio. Uma cidade que inspirou tantos artistas talvez me ajudasse no pontapé inicial para o livro. Comprei um caderno Moleskine [sempre quis ter um], sentei em um banco do calçadão e fiquei olhando para o mar. E nada. Nada. Nada mesmo. As páginas do meu novo Moleskine continuavam em branco. Já estava desistindo da ideia e seguindo para São Paulo quando atropelei uma ou duas Júlias. E enfim a inspiração chegou.

[Júlia Dois pega no sono.]

Júlia Dois... É difícil simpatizar com ela de cara. Ela não se esforça pra você gostar dela. Mas eu admiro isso de alguma forma. Não sei. Talvez eu só esteja me esforçando pra gostar dela já que ela não se esforça pra gostarem dela. Alguém tem que fazer esforço nessa relação, isso é certeza. Não que tenha alguma relação sendo desenvolvida aqui. Mas estamos passando a noite juntas. São pouquíssimas as pessoas com quem já passei uma noite conversando. Tem um ar de festa do pijama, mas com integrantes sorteados aleatoriamente. Taí uma boa ideia de *reality show*, hein? Toda quinta uma festa do pijama com integrantes diferentes contando as tragédias de suas vidas. Interessados, favor entrar em contato com meus representantes.

[Tentativa de ideia milionária número 2.]

[Vou aproveitar que já interrompi o fio da meada pra sugerir um filme pra Hollywood.]

[Conhecem *Space Jam*? Aquele filme do Pernalonga com o Michael Jordan?]

[Que tem agora a versão nova com o LeBron James?]

[Que tal uma versão nacional?]

[Marta e a Turma da Mônica.]

[Era só isso.]

[Grata pela atenção.]

Júlia Três é uma séria concorrente ao título de amor da minha vida. Ela acha que é burra, as pessoas ao redor dela acham que ela é burra, as outras Júlias já tão chamando ela de burra e, talvez, de fato, ela seja burra. Mas que pessoa fascinante! Não tem uma palavra dela que não me faça rir. Num bom sentido! Não rir da burrice dela, só de... Sei lá. Ela diz coisas que as outras pessoas não dizem. De uma forma que as outras pessoas não dizem. Ela é extremamente original. De um jeitinho só dela. Isso é burrice? Conseguir ser única num mundo que todo mundo parece estar desesperado pra se encaixar a qualquer custo, abrindo mão de suas personalidades, me soa de uma inteligência singular. Ela me traz alegria. Não é a ignorância que leva ao discurso de ódio. É a pureza que tenta ver o amor em tudo. Ela me dá vontade de ser mais leve.

Júlia Quatro é o tipo de Júlia que nasceu pra ser apelidada de Jujuba.

[Eu sou uma clássica "Jú".]

[Júlia Cinco tem cara de Júlia, só Júlia mesmo. Talvez Julia, sem acento, a gente não confirmou a grafia de cada Júlia com medo de perder a mágica da coincidência.]

[Vai que uma é Giulia.]

[Nada contra Giulias.]

[Tenho uma prima Giulia, ela é ótima.]

[Beijo da Jú, Giulia!]

[Júlia Dois tem clima de "Jú + Sobrenome". "Sabe a Jú Marques?" "Ela é a Jú Pinheiro." "Quem foi? A Jú Moura?"]

[Júlia Três é divina e imprevisível, não faço ideia.]

Mas, voltando pra Jujuba... É a que eu mais me identifico. Embora eu sempre tenha me inspirado mais em Beyoncé e Rihanna do que em Taylor Swift, existe algo mais identificável nos dias de hoje do que a impressão de que nada acontece nas nossas vidas? Claro que a vida dela é especialmente sem graça, mas comparando com as pessoas no meu feed do Instagram, a minha é igualmente deprê. Tanta gente postando foto em barco. Não tá nem no verão. De onde as pessoas tiram tanto barco pra tirar foto? Tá tendo promoção? Até conhecidos que moram em São Paulo estão postando foto em barco. Onde estão esses barcos de São Paulo? No Tietê? No chafariz de algum shopping de rico? Isso sem contar as fotos de pratos de restaurantes caros. As porções são pequenas, mas extremamente fotogênicas. Muito cordeiro. Muita geleia de pimenta. Onde eu moro a geleia é só de morango mesmo. E o bife é tudo contrafilé.

A gente só come picanha em data comemorativa. Teve um Natal que eu pedi de presente picanha na ceia. Melhor Natal da vida.

Eu queria dar um abraço na Júlia Cinco. Dizer que vai ficar tudo bem. Não que vá ficar tudo bem. Provavelmente não vai. Mas eu não seria a primeira pessoa da história a mentir pra fazer outra pessoa se sentir bem. Talvez seja a única forma de mentira positiva. O mundo tá melhorando ou piorando? Eu super achava que tava melhorando e tudo deu errado de uns anos pra cá. A voz dela ainda está bem fraca. Os olhos fixados em um canto no quarto. Ela tem aquela tristeza nos olhos, sabe? Uma tristeza no olhar que eu sempre via nos filmes e achava poética. Mas agora entendo que, fora da ficção, a tristeza é só triste mesmo. Ela parece vazia no momento. Olhar vazio, voz vazia, corpo sem energia. Eu queria saber o que falar que pudesse enchê-la com um tiquinho de esperança.

As outras quatro Júlias já adormeceram. O sono demora a me pegar. Largo o violão e pego o celular. O.k., talvez seja um tanto de hipocrisia pegar o celular após todas as minhas reclamações sobre internet, mas... Sei lá. Ele mata o tempo, né? E faz a gente pegar no sono. Passo um tempinho olhando os prints que tirei da página do Léo no uLeaked. Dezenas de desabafos para amigos do quanto ele era apaixonado por mim.

Conseguiram tirar o uLeaked do ar, mas algumas notícias ainda repercutem pela internet. O Buzzfeed fez listas dos quinze maiores escândalos, quinzes maiores segredos das celebridades, quinze momentos que resumiram sua "Experiência uLeaked" com quinze gifs de *RuPaul's Drag Race*. Ponho o fone e coloco no Spotify uma playlist que fiz com músicas do Jeff Tweedy e do Wilco pra me acalmar. Desligo a tela e deixo "Jesus, Etc." tomar minha mente. Jeff manda um "Don't cry, you can rely on me, honey". Agora eu sei inglês e sei que posso sempre contar com a música pra me consolar nos piores momentos.

JÚLIA CINCO

Atenção: quem preferir pular os desabafos mais fortes sobre depressão, pode ir direto para o último parágrafo antes dos diálogos, no final da página 104.

Cinco músicas para escutar lendo o capítulo:

1. Adrianne Lenker — "Cradle"
2. Mount Eerie — "Seaweed"
3. The National — "About Today"
4. Los Campesinos! — "You! Me! Dancing!"
5. LCD Soundsystem — "All My Friends"

Eu não sei se tenho depressão. É uma palavra forte. E eu não quero ser uma daquelas pessoas que se sente solitária de vez em quando e já usa essa carta. Desculpa. Não quero ser insensível também com essas pessoas porque eu sei que isso é sério. Eu só não sei como lidar. Eu não quero ir num psicólogo ou psiquiatra e descobrir que é verdade e tornar oficial. Sei que é irresponsável falar isso. Eu tô errada. Procure ajuda. É o certo. Eu sei. Mas é tão difícil. Eu não consigo falar pra alguém tudo isso que eu sinto. Eu só consigo sentir. E pensar. Eu... Sei lá. Eu sinto um desespero de vez em quando. Um desespero interno. Uma aflição, talvez. Eu preciso estar sempre fazendo alguma coisa. O tempo todo. Se eu paro e fico sozinha, sempre começo a pensar as piores coisas. As piores coisas sobre mim. Sobre ninguém me aceitar. Sobre ninguém gostar de mim. Da verdadeira Júlia. Eu queria que alguém conhecesse a verdadeira Júlia. Mas nem eu conheço. Eu nem sei mais quem eu sou. E essa merda que eu tô falando soa clichê pra caralho, desculpa. Mas... De vez em quando eu apago. E quando acordo percebo que tô na frente do espelho há um tempo dizendo *Júlia, você é uma merda. Júlia, você é uma farsa. Júlia, sua vida não faz o menor sentido.* Eu não choro. Eu só olho pro espelho e falo normalmente. Casualmente. Alguns minutos depois eu já saí de casa e estou bebendo no bar com "amigos". Eles riem das minhas piadas. Eu rio das piadas de alguma garota que tenha me chamado atenção. Eu... Não sei o que eu realmente acho engraçado. Eu já fui meio boba. É bom ser boba. Não boba no sentido de "ser deixada para trás". Boba no sentido de me permitir relaxar. De me permitir rir de algo sem julgar o outro. Eu preciso de ajuda. Dia desses minha tristeza parecia que ia fazer meu corpo explodir. Estava trancada no quarto. Minha mãe na sala. E eu não podia falar isso com ela. Eu não quero que ela saiba que eu sou uma bagunça. Porque isso poderia dar a ideia de que meus outros parentes estão certos. E isso que eu sinto não tem a ver com minha sexualidade. A falta de aceitação piora. Mas é mais complicado que isso. Eu acho. E não queria deixar ela preocupada. E... Não sei mais se alguma dessas coisas importa. No fundo agora sei que se eu morresse ela só ficaria aliviada. Um peso a menos. Livre do fardo. E eu livre dessa tristeza. Aquele dia... Aquele dia eu não conseguia respirar. Eu lembro que tava usando minha blusa favorita. Ela tinha estampa de *Onde vivem os monstros*. Do livro infantil, não do filme. Eu tava tão sem ar e tão fora de mim que precisei rasgar a blusa. Eu pensava: *Essa é a minha blusa favorita, por que eu tô fazendo isso?* Mas ao mesmo tempo: *Você merece*. Eu rasguei a blusa. Eu sinto a falta dela toda vez que abro o armário. Eu lembro e sinto um pouco daquela dor daquele momento toda vez que abro o armário.

Bares são horríveis. Bares pioram tudo. A felicidade alheia piora tudo. Tipo, sejam felizes. Mas... Não. Sem "mas". Não é culpa dos outros. Mas... É tão louco ver as pessoas rindo e bebendo e comemorando sem fazer a menor ideia de que alguém na mesa ao lado está se odiando, sem esperança nenhuma, com uma dor sem explicação de tamanho ou origem. Na minha cabeça: *Você é uma merda. Você é uma merda. Você é uma merda. Você tinha que morrer.* Na mesa ao lado: "Vê mais um chope, meu consagrado!" Eu tô tão cansada de tudo. Tô cansada de carregar esse peso. Tô cansada de não ter ar. De não saber pra onde ir. De achar que nada que eu tento vai dar certo.

Alguns dias eu acordo ótima. Não sinto nada. Eu me sinto perfeita. Eu me sinto a garota mais inteligente do colégio. Eu sei que eu sou. Eu me sinto pronta pra conquistar qualquer objetivo em carreiras hipotéticas que surgem na minha mente (uma por semana, aproximadamente). Eu tenho certeza que eu sou linda e que posso conquistar qualquer mulher que eu quiser. Eu sei que meu beijo é foda. Eu sei falar a coisa certa na hora certa. Alguns dias. Outros, eu acordo péssima. Alguns dias eu mudo de Júlia no próprio dia. Eu já fui essas duas Júlias em questão de minutos.

Racionalmente, eu não quero morrer. Eu prefiro viver, mesmo com dor. Quando eu consigo parar pra pensar, é isso. O problema é o pensamento-instinto. Aquilo que não é raciocínio. É só algo que toma conta de você. E te faz rasgar sua blusa favorita do nada. E se encher de remédios quando a única pessoa que te salvava de se afundar de vez te decepciona. Aquela que segurava a sua mão. E que talvez não fosse uma mão, fosse já apenas a manga de uma blusa. E blusas rasgam. Mas, racionalmente, pensando de verdade, eu juro, juro, juro que não quero morrer. Eu só quero parar de sentir essa dor. Porque essa dor incomoda muito. E me trava de viver. E eu quero acreditar que as coisas vão melhorar! Então eu me sinto grata por hoje. Por essa menina estranha fã de Taylor Swift ter me encontrado. E me salvado. Pelo menos por hoje. Eu preciso de ajuda. Eu sei. Eu vou procurar. Um dia eu vou. Eu prometo. Eu devo uma pra essa menina. Eu devo uma vida. A minha. Ou a dela. O relato dela foi tão triste. Eu queria levar um pouco de vida pra ela. Metaforicamente. Já que ela fez isso por mim. Sem ser metaforicamente, no caso. Mas. Sei lá. Será que ela ainda tá acordada? Abro os olhos.

Ela ronca. Será que ela sabe que ronca? As pessoas que roncam sabem que roncam? É educado avisar? Ou é desaconselhável tipo acordar sonâmbulo? Mas é um ronco fofo. Charmoso até.

EU

Ei! Acorda!

> QUATRO
> Que foi?! Que foi?!

Tampo a boca dela pra diminuir o alarde. Faço gesto de silêncio. Começamos a sussurrar.

> QUATRO
> Você vai me sequestrar?

WTF?

> EU
> Não, só quero conversar.

Ela concorda com a cabeça. Levamos os sapatos nas mãos pra não fazer barulho. Sapatos no sentido de "meu Vans" e "a Melissa dela". Olha, tenho que reconhecer. Não é meu estilo. Nunca usei. Mas tenho um fraco sério pelo cheiro de Melissas. Também adoro cheiro de tangerina. Não em mulheres. Em geral mesmo. Mas em mulheres também. Já tive crush em uma garota aleatória no ônibus descascando uma tangerina. Ela o fazia com uma displicência sedutora, quase como se fosse uma fruta sem cheiro e sem graça. Eu gosto de pessoas marcantes como o cheiro da tangerina. Júlia Quatro reclamou de não fazer a diferença na vida de ninguém, de ter a vida sem graça. Se tem algo que eu posso fazer por ela, é resolver esse problema. Eu vou tangerinar a vida da Júlia Quatro. Nem que seja só por uma noite.

A gente vai até a garagem do quarto, ficamos isoladas. Sem contar com esse carro de autoescola que quebra um pouco o clima que eu pretendia pra conversa. Sentamos no meio-fio.

EU
Só queria te agradecer. Por ter me salvado. E tal.

Ela reage, surpresa. Do jeito que ela é, já devia estar imaginando que na verdade eu era uma vampira prestes a sugar o sangue dela ou qualquer coisa fantasiosa do tipo. Continuo...

EU
Eu teria me arrependido do que eu tentei fazer. Quer dizer... Eu não teria me arrependido, porque eu meio que estaria morta. Mas ia ser uma merda.

QUATRO
É, morrer deve ser uma bad.

Eu imaginava que nosso papo sobre morte seria um pouquinho mais profundo.

EU
Quer voltar a dormir?

QUATRO
Não, tudo bem.

Ficamos em silêncio por um instante. Penso na melhor forma de explicar meu plano. Os melhores argumentos. Não quero assustá-la. Pelo contrário. Quero fazer os outros se assustarem com ela.

QUATRO
Já parou pra pensar se algum dia você fez algo
que ninguém nunca fez na humanidade?

Ela tem o olhar concentrado em um cartaz na garagem do motel com o menu de bebidas e brinquedos eróticos.

EU
Nunca parei pra pensar nisso. O que você tem
em mente?

QUATRO
Eu tava pensando se o preço dos vibradores é
pra aluguel ou compra.

Isso é uma indireta? Ela tá querendo algo comigo? Acho que ela entendeu tudo errado. Eu só queria conversar.

QUATRO
Desculpa, tava viajando aqui. Se for aluguel

é meio estranho, né? Eu ia querer dar uma esterilizada nele. E de vez em quando eu quero esterilizar alguma coisa e uso o meu micro-ondas. Aí fiquei me imaginando colocando um vibrador no micro-ondas. E depois fiquei me perguntando se eu seria a primeira pessoa a colocar um vibrador no micro-ondas. E depois pensei, será que é tipo louça? Que explode? Uma vez eu tentei fazer um ovo no micro-ondas. Eu gosto muito de micro-ondas. Depois do ar-condicionado é minha máquina favorita. Eu faço tudo no micro-ondas. Testei essa receita do ovo. Esqueci de furar a gema. O ovo explodiu. Tem gema no teto da cozinha da minha casa até hoje. Enfim... Deve ser pra compra. Você acha que aqui vende fanta uva?

A cabeça dessa garota precisa ser estudada.

EU

Será que a festa da sua amiga ainda tá rolando?

QUATRO

Sei lá.

EU

Quer voltar pra festa? Eu vou contigo.
A chuva deu uma diminuída.

QUATRO

Não! Tá tarde!

EU

Escuta... Eu quero te ajudar. Que nem você me ajudou.

QUATRO

Me ajudar com quê?!

Vai ter que ser na marra. Levanto e ofereço a mão.

EU

Vamos!

QUATRO

Você não manda em mim.

EU

Você não quer que a sua vida vire a porra de uma música da Taylor Swift? Você acha que a Taylor Swift fica trancada em casa? Ou sai pra viver a vida e ter material pra música nova?

QUATRO
Eu não tô em casa. Tô num motel.

EU
Você entendeu minha alegoria, ô caralho.

QUATRO
Que grosseria… Agora é que eu não vou mesmo.

EU
Se você não for eu tento me matar de novo.

QUATRO
Quê???

EU
Meu sangue estará em suas mãos.

QUATRO
Isso não tem a menor graça.

Não tem mesmo, desculpa. Isso não é brincadeira. Mas eu já tentei me matar, tenho lugar de fala pra fazer piada com suicídio. Cada um lida com suas merdas do seu jeito. O meu é esse. Fazendo mais merda. Eu sou uma grande acumuladora de merdas. Não façam isso em casa.

EU
Eu vou tomar todo o seu Benegrip de uma vez só.

QUATRO
Eu te odeio, você é uma pessoa horrível.

EU
Por que você tinha Benegrip, Coristina e Resfenol ao mesmo tempo na bolsa? Escolhe um, sabe?

QUATRO
Eu fico muito gripada, preciso revezar os três porque meu organismo volta e meia faz um deles perder efeito.

EU
Eu não sei se isso faz sentido.

QUATRO
Eu também não, mas minha vida funciona assim. Então eu não vou mudar.

EU
Isso pode estar te fazendo mal.

QUATRO

E daí? Quem se importa?

EU

Eu me importo.

Eu me importo? Mesmo? Ou só estou entediada? Será que eu tô fazendo merda? Tô colocando pilha errada na garota? Sinceramente não sei. Posso estar entrando em um daqueles momentos de me odiar e acreditar que tudo que eu penso tá errado.

EU

Vou colocar de outro jeito… Eu preciso sair daqui. Tô agoniada. Tô me sentindo presa. Eu não posso ficar sozinha. E não tô 100% ainda. Você pode me fazer companhia?

QUATRO

Mas precisa ser na festa da Camilla? A gente não pode ir no cinema?

EU

Eu quero conhecer essa Camilla. E entender o que você viu no namorado dela. Cara… Vamos. Só vamos. É isso. Faz primeiro. Pensa depois.

QUATRO
Esse é claramente um dos piores conselhos de todos os tempos.

EU
Meu braço tá começando a doer. Minha mão só vai continuar estendida por mais cinco segundos. E é isso. Você vai ter jogado fora a oportunidade de ter uma noite TaylorSwiftiana.

Ela respira. Pensa. Dá uma roída na unha. Olha novamente para o menu de brinquedos e bebidas.

EU
Cinco... Quatro... Três... Dois...

J4

Um.

...

E eu fui. É, eu fui. Tô indo, no caso. Falamos pouco no caminho. A chuva parou. Os baderneiros parecem ter ido dormir. E eu na rua. Um homem sem camisa, completamente bêbado, passa por nós gritando "ELA ME AMA! ELA ME AMA!". Que mulher corajosa. Abro o WhatsApp. Mensagens da minha mãe, preocupada. Acalmo ela, digo que vou dormir na casa da Camilla. Dou uma olhada no grupo da família, cheio de vídeos das maluquices do dia. Dois caras lutando num berçário, bebês gritando. Forças armadas invadindo o Planalto Central. Um senador pulou do topo do prédio do Congresso Nacional. Crianças brigando numa creche. Homens lutando com espetos de churrasco no meio de uma churrascaria. Uma senhora descobriu a infidelidade do parceiro. Os dois moravam numa fazenda. Pra se vingar ela abriu a cerca dos cavalos e eles fugiram. Todos. A neta deles gravou. Foi meu preferido. O vídeo dos cavalos livres. Nada foi revelado sobre eles também. Mas eles se libertaram. Será que é isso que tá acontecendo comigo de alguma forma? Entramos na festa, ainda mais cheia do que antes. Porta aberta, entrada liberada. Que perigo. Ninguém nem pergunta quem é Júlia 5. Ainda bem. Eu mesma mal saberia responder. Ela já parte para o bar e nos serve um uísque. Olha, eu acho que é um uísque. Não tenho experiência. Ela toma um gole. Maior naturalidade. Como se fosse guaraná. Eu tomo um gole. Minha garganta queima e me sinto três passos mais próxima da morte. Será que eu devo apresentá-la pra Camilla? Penetras de festa costumam dar parabéns para o aniversariante? Essa sempre foi uma das minhas maiores dúvidas. Lembro de uma vez que uma ex-BBB entrou na festa de aniversário de uma atriz e foi expulsa por ser penetra. Será que a ex-BBB fez por merecer? Ou foi apenas o bom e velho conflito de classes? Qual o código de conduta correto para um penetra? Existem limites para um penetra? Imaginem: "Oi, Cammy, tudo bem? Essa aqui é a Júlia 5, minha +1". Sempre quis ter um "+1" pra chamar de meu. Hoje, "x = Júlia 4 +1", que bela equação. Mas, por enquanto, nem sinal de Camilla e Márcio. E minha +1 continua enchendo meu copo. É o quarto uísque? Ou o quinto whisky? A gente tá há quanto tempo aqui? Aquela claridade no céu é o sol nascendo ou alguém soltou fogos? Caso sejam fogos de artifício, estou impressionada com o orçamento da festa. Adoro fogos. Eles estouram no céu e na minha cabeça estouram os momentos mais marcantes da minha vida. Lembro de cada um deles. Foram três. Estamos dançando funk. Júlia 5, surpreendentemente, arrasa no quadradinho de oito com aqueles bpms acelerados. Eu me esforço, mas acabo me contentando com meu triângulo isósceles. Merda. Eu tô muito bêbada. Que merda. Que merda. Eu nunca mais vou beber na minha vida. Que merda. Merda, eu acabei de tomar mais um gole. Por que eu tô bebendo isso? O gosto é muito ruim. Será que fazem o gosto ruim de propósito pra evitar o aumento de alcoólatras? Álcool de cozinha é o mesmo tipo de álcool de bebidas? Será que alguém já tentou beber álcool de cozinha com um Tang? Será que alguém já tentou beber álcool gel? Eu não entendo por que as pessoas bebem álcool. Fanta uva é tão melhor. Eu preciso ir no banheiro.

O.k. Tô no banheiro. Concentra. Olha no espelho. Não, você não tá bêbada. Você tá conseguindo olhar pro espelho! Será que eu consigo pular? Pulei. Será que eu consigo sentar no vaso? Será que eu consigo fazer xixi em pé? Eba, tô conseguindo. Será que o fato de eu estar conseguindo fazer xixi em pé indica que eu não estou bêbada? Ou será que o fato de eu estar tentando fazer xixi em pé para provar que não estou bêbada significa, justamente, que estou bêbada? Merda. "Júlia 5, acho que estou bebaba." "Tá, bebe mais essa." "Por que você tá tentano me embebebar?" Eu não sei por qual motivo a letra B saiu bo meu vocabulário. Pera. A letra B existe, né? Será que eu me transportei para uma realibabe paralela onbe a letra B nunca existiu? É isso que o álcool faz com as pessoas? "Você precisa estar bêbada porque precisa fazer uma coisa idiota." Não, o B ainda existe. Só sumiu pra mim. "Beber te leva a fazer coisas idiotas. Mas coisas idiotas são fundamentais de vez em quando. Eu, por exemplo, bebo e faço coisas idiotas o tempo todo. Não recomendo. Mas… Quem nunca fez… Precisa fazer. Nem que seja uma vezinha só." Não tenho sobriebabe o suficiente para discordar. Opa. O D tá voltando. "O que você quer que eu faça?" "Você vai se declarar pro seu amigo." "Eu não posso fazer isso! Ele vai preferir a Camilla, ela é muito mais bonita! E ela vai ficar com raiva de mim e eu vou perder meus únicos dois amigos."

"Agora você tem uma terceira amiga."

Achei que a frase merecia um parágrafo só dela. Perdão pela quebra de forma. Talvez seja o álcool. Tô doida, mano. Yo. Koééé. Vamo que vamo. Tamo junto. Biruleibe. Tumbalatum. Cê acredita? Será que o Kevinho registrou em algum lugar a frase "Cê acredita"? Admiro muito que ele tenha criado uma carreira inteira focada em onomatopeias e metáforas para o movimento dos glúteos femininos. Quero escrever e lançar um EP sobre cotovelos. "O Márcio é aquele ali." "Você tá apontando pra um abajur." Abajur? Abajour? Abajúl? Lâmpada de mesa com protetor estilo daquelas de pescoço de cachorro? Corrijo a direção. Márcio está subindo as escadas. Ele fica lindo subindo escadas. Ele fica tão lindo subindo escadas que dentro de mim tenho ódio pelo inventor do elevador. "Vai lá, você tá pronta." "O que eu falo pra ele?" "Você pode falar o que quiser. Porque você não vai lembrar de nada amanhã." A tecnologia do álcool é impressionante.

"Jú, cê sumiu da festa, tava preocupado!" Eu não entro no quarto. Olho pro Márcio, lindo, emoldurado pelo batente da porta. Ele sorri com aquele sorriso lindo dele que vive numa realidade paralela onde nunca inventaram cáries e tártaros. Meu plano está muito claro na minha mente. Passo um, me declaro. Passo dois, ele fala "já é". Passo três, entro no quarto. Passo quatro, bato a porta e me jogo em cima dele na cama. Passo cinco, transamos entre os presentes de aniversário da Cammy. Tá. O passo cinco soa um pouco doentio. Mas a maioria dos presentes é da Imaginarium, ela não vai se importar. Cammy gosta de presentes personalizados. Droga. Eu não posso fazer isso com ela. E a parte do "já é" também não faz sentido. Márcio nunca falaria "já é". "Jú, tá tudo bem?" "Eu sou apaixonada por você." Eitaaaaaaaaaaa. O.k. Já foi. Não tem mais volta. Será? Não. Ainda dá tempo de falar "brinks". As pessoas ainda falam "brinks"? Não, né? Pena. Eu gostava tanto de brinks. "Eu sou completamente apaixonada por você." Adicionei um completamente. Agora fodeu. Não. Agora fudeu. Tenho que escrever errado pelo efeito dramático. "Sempre fui. Apaixonadona. Apaixonadaça. Desde a primeira vez que você entrou naquela sala falando *Excuse me* com esse seu S puxado de carioca. E eu adoro a Camilla. E adoro vocês juntos. Vocês são o melhor casal do mundo. Mas eu precisava falar isso. Esse é o meu segredo! Ouviu, mundo? Eu também tenho um segredo! Eu também sou interessante! E eu já pensei em tudo pra te esquecer. Pensei em tentar pegar seu irmão, seus melhores amigos, seu pai, seus tios, mas a verdade é que vai ser impossível te esquecer. Porque você é perfeito pra mim. Você sabe o quão difícil é encontrar alguém no mundo que goste EXATAMENTE das mesmas coisas que você? Que entenda e ria das suas piadas e faça outras que fazem rir na hora e também rir mais tarde de novo antes de dormir? E que ainda seja lindo, lindo, lindo. E não lindo daquele jeito meio fortão clássico, playboy igual todo mundo. Lindo com coisas meio tortas no rosto, um nariz grande. Você tem defeitos, mas eu amo todos eles. Até seus defeitos são perfeitos."

"Júlia..."

Pausa dramática.

"Que foi? É recípropo?"

Pausa mais dramática ainda. Márcio aponta para o lado. Dou um passo para dentro do quarto. Sabe, eu faço tantos monólogos internos... Por que justamente esse tinha que ter sido externo? Super externo? Externão. E com a audiência de Camilla, o tempo todo ali dentro do quarto, fora do meu campo de vista. Saio correndo como se estivesse disputando corrida com a minha dignidade (que partiu muito antes de mim). Tropeço em três caras com cara de fotógrafo de ensaio sensual empoderado de Instagram, quase vomito sem querer em cima de uma garota tão bonita que poderia facilmente ser uma atriz coadjuvante de *Riverdale*, encontro Júlia 5. "O QUE ACONTECEU?" "CORRE! NÃO HÁ TEMPO DE EXPLICAR." Eu adoro esse meme. Principalmente aquele do sapo montado no esquilinho. Partimos. Corremos pela rua. Sol nascendo. E o vento batendo no meu rosto faz eu me sentir como o Vin Diesel pilotando um carro qualquer num *Velozes e Furiosos* qualquer. De janela aberta, claro. Inconsequente. *Fuck yeah*. Essa sou eu. Júlia 4. Fazendo idiotices e vivendo uma aventura. Minha vida como era está arruinada. Assim como aconteceu com todo mundo ontem. E tudo bem. Porque talvez todo mundo estivesse precisando de um recomeço.

Júlia Dois

Lembro claramente. Treze de dezembro de 2014. Meu horóscopo dizia "tome cuidado com o carma". Eu ignorei. E olha onde vim parar. Em um quarto de motel com duas garotas insuportáveis, uma que eu não conheci direito ainda e outra que até que é o.k., mas não o suficiente pra fazer valer a pena o conjunto da obra (eu já teria começado a seguir Júlia Um no Instagram se o aplicativo não estivesse fora do ar). Será que tudo que aconteceu comigo foi porque eu sempre fui uma escrota? Todas as pessoas que eu conheço me odeiam porque eu nunca precisei me esforçar pra elas gostarem de mim? Será que isso é castigo? Eu não devia ter ido pro SeaWorld na minha última viagem pra Disney. É feio o que eles fazem com os animais. Eu devia ter boicotado como todas as outras influencers politizadas que eu sigo. Estamos testemunhando o resultado de minhas inconsequentes ações. As montanhas-russas são as melhores? São! Mas eu não podia ter me contentado com o Busch Gardens? Eu achei que era só não postar nada e minha alma estaria absolvida. Foi o único parque do qual não publiquei nenhum stories. Eu abri mão de vários boys atraentes puxando assunto por DM. Vocês sabem o quão difícil é assistir ao show de um leão-marinho dando piruetas e não gravar?

Cato uma coca zero no frigobar pra dar uma acordada, não sei como funciona o café da manhã em motéis. Como aguentar essas duas que voltaram aos berros acordando todo mundo?

— Que porra de barulho é esse? São oito da manhã!

— Relaxa, a gente comprou comida pra todo mundo.

— Só mais cinco minutinhos — diz Júlia Três, representando nosso estado mental.

— Tem sonho! — diz Júlia Quatro balançando um saquinho repleto de sonhos de creme e doce de leite.

— SONHO DE PADARIA? — desperta Júlia Três, novamente, de certa forma, representando nosso estado mental.

— Temos um plano e precisamos falar com vocês.

Júlia Cinco parece uma pessoa completamente diferente daquela da noite anterior. Como se um foguinho dentro dela tivesse se acendido durante a madrugada.

— Isso não pode ser coincidência, sabe? Cinco Júlias? Isso é um sinal — ela continua.

— Sinal de que a gente tá morta? Bem que eu tava considerando a chance de eu ter morrido mesmo no acidente e o motel ser o limbo. Mas tudo bem, o limbo tem sonho, tô feliz. Espero que o céu tenha também.

Júlia Três parece ter sido resultado de um experimento científico que buscava criar um ser humano que fosse a fusão da Phoebe com o Joey de *Friends*.

— A gente tá viva. A Júlia Quatro, então, essa noite esteve mais viva do que nunca! Né não?

Ela busca Júlia Quatro com o olhar, sem sucesso.

— Onde ela tá?

— Vomitando no banheiro.

Júlia Um nos atualiza, vinda do banheiro, dentes escovados. Decido não comer o sonho.

— Viu? Já rolou uma troca! Ontem, era eu vomitando. Hoje, é ela. Talvez nós cinco tenhamos sido colocadas aqui pra uma ajudar a outra!

— Já pedi meu uber.

O aplicativo voltou a funcionar e não pretendo perder meu tempo escutando discursinho vazio de autoajuda. Senhor Osvaldo Aranha, nota 4,9. Será que os pais dele gostavam bastante do filé Osvaldo Aranha e por isso deram o nome para ele? Ou será que eram fãs do original Osvaldo Aranha? Eu não faço ideia de quem seja o original Osvaldo Aranha. Eu só sei que deve ser um cara importante, deu nome a um prato de filé mignon. Sei também que agora fiquei com fome. Quero muito um sonho. Eu preciso de um sonho. Sobraram três. Um deles está com a quantidade perfeita da cobertura de açúcar. Mas acredito que talvez seja tarde para pegar um sonho. Já me manifestei contra a onda Good Vibes que tomou conta do grupo. E o sonho é o mascote alimentício dessa Good Vibes. Júlia Cinco toma o centro do quarto, sobe na cama com o sapato sujo, continua o discurso.

— Todo mundo aqui tava fugindo de alguma coisa. A gente pode tentar se consertar! Talvez uma complete a outra de alguma forma. Ontem, a Júlia Quatro me salvou da morte.

Júlia Três a interrompe:

— Eu gosto de pensar que nós quatro te salvamos. Faz eu me sentir mais importante.

Júlia Cinco a ignora.

— Aí o que eu fiz? Salvei ela da vida entediante e insuportável que ela tinha! E aposto que uma tem muito pra ensinar pra outra ainda.

Júlia Quatro volta do banheiro, rosto lavado, carinha de quem foi perseguida por leões em uma floresta e teve que se jogar de um desfiladeiro para sobreviver.

— E aí? O que você vai me ensinar hoje? — Júlia Cinco ávida para provar seu ponto.

— Eu não sei fazer muita coisa, desculpa — Júlia Quatro não colaborando da forma ideal.

— Taí, vai me ensinar a ser mais humilde! Tão vendo?

— Três minutos pro meu uber chegar. — Eu só preciso aguentar essa loucura toda por mais três minutos. E então volto pra casa. Ou volto a correr e chorar sozinha na rua já que não sei se ainda tenho uma casa para chamar de minha.

— Já entendi que você não quer participar, mas e as outras?

"Eu não quero me despedir de vocês. Eu sempre choro em despedida. E já chorei muito ontem. Não sei se ainda tem lágrima o suficiente dentro de mim." (Três, Júlia)

"Eu trouxe o sonho pensando nisso. Achei que seria fofo, o sonho como metáfora. A gente saindo juntas por aí, realizando sonhos juntas." (Quatro, Júlia)

Olha, na minha humilde (e provavelmente correta) opinião, a maior tragédia do uLeaked foi a minha. Mas essas duas são tão erradas que me fazem sentir mais pena delas do que de mim.

— A gente vai sair daqui... pra onde? Pra se esconder em outro lugar? Eu não quero me esconder.

Quatro minutos. Odeio quando o motorista enrola e o tempo aumenta. Assim você complica a minha vida, Osvaldo Aranha. Esse 4,9 vai virar 4,8 se depender de mim.

— A gente pode fazer a diferença na vida uma da outra. E de outros que a gente encontrar no caminho. Seja esse caminho qual for. Vocês não querem fazer a diferença?

— Eu quero!

— Eu também! Eu quero ser tipo uma Joana D'Arc!

Galera, Joana D'Arc morreu queimada. Vamos maneirar aí que vocês são só quatro meninas surtando. Enquanto isso, Osvaldinho parou. Osvaldinho, Osvaldinho... Eu sei que você quer que eu cancele a corrida pra ganhar dinheiro sem me levar pra casa. Mas você não vai ganhar essa disputa. Você não é o pior homem com quem eu tive que lidar nas últimas vinte e quatro horas. Eu me recuso a continuar tendo minha vida prejudicada por causa de homem babaca. OSVALDINHO, VOCÊ NÃO VAI TIRAR ESSES SETE REAIS DE MIM ASSIM TÃO FÁCIL.

— Eu... aceito companhia pra ir pra São Paulo no carro. Tô indo pra lá conhecer meu pai.

— Eu amo São Paulo! Vamos?

Júlia Quatro está pegando no sono deitada na cadeira erótica, mas acena um joinha para Júlia Cinco, aceitando a ideia.

— Vocês acham que eu tenho conserto?

— Claro! Nada é tão errado que não possa ser consertado!

Júlia Cinco claramente ainda não entendeu a proporção da imbecilidade de Júlia Três.

— Tô dentro então. Adoro São Paulo, tem muita pizza.

Pizza. Que fome. Júlia Cinco é esperta. Sei que ela deixou o último sonho intacto para plantar em mim a tentação de ficar. Mas Osvaldinho resolveu se movimentar e está quase chegando.

— Tenho que descer.

— Se você mudar de ideia e quiser ir pra São Paulo com a gente, a diária aqui no motel vai até o meio-dia.

— Boa sorte pra vocês.

Osvaldo é jovem. Não esperava. Deve ser o Osvaldo mais jovem do mundo. Com certeza foi em homenagem ao filé. Osvaldo tem trinta, no máximo. Sujeito sério. Pede desculpas pelo atraso, comenta que o dia está menos tumultuado mas as ruas estão com policiamento redobrado, aumentando o trânsito. Tento reunir coragem para abrir o WhatsApp. Ele acabou de voltar a funcionar e tenho 37 mensagens não lidas. Entro em uma página de notícias de famosos pra relaxar. Vazaram e-mails provando que os autores de uma novela jovem plagiaram a história inteira de uma peça de teatro alternativa escrita dois anos antes. Quem se importa com autores? Eu quero fofoca de celebridade! O uLeaked vazou vídeos de uma atriz famosa assassinando figurantes de novelas. Ela era uma *serial killer* de figurantes.

Os sites de conteúdo adulto estão repletos de vídeos de celebridades e desconhecidas expostas para qualquer pervertido babaca assistir. Algumas notificações das minhas redes são links para minhas próprias fotos em alguns desses sites. Tem muita gente escrota nesse mundo. Eu não sou nenhuma Madre Teresa, mas perto delas eu sou. Denuncio algumas das minhas fotos enquanto tento não chorar. É mais fácil abrir o WhatsApp logo. Osvaldinho tira uma caixinha de lenços de papel do porta-luvas e me oferece. Desculpe por ter pensado em diminuir sua nota, Osvaldinho. Cada pequena boa ação no meio desse apocalipse parece contar como uma avalanche de bondade. Será que a minha breve ajuda de ontem para as Júlias na chuva também soou assim para elas? Começo a escutar os áudios acumulados no WhatsApp.

"Júlia, sua mãe está preocupada. Eu talvez tenha exagerado. Pode voltar pra casa. Mas está de castigo. Por tempo indefinido. E apague seu Instagram."

O Waze na tela do celular de Osvaldinho aponta o caminho de casa. Coloquei no aplicativo como destino, de forma automática, sem pensar. Mas eu não posso voltar pra lá. Não tô pronta pra encarar minha mãe. E a última pessoa do mundo que quero encontrar agora é meu padrasto.

"Júlia, me perdoa. Eu não devia ter feito o que eu fiz. Eu te amo, porra. Foi raiva de amor. Eu sei que deve tá tudo bizarro pra você agora. Mas volta pra mim. Volta pra mim e eu te protejo."

Não, desculpa, eu tava enganada. A última pessoa do mundo que gostaria de encontrar agora é meu ex-namorado que divulgou minhas fotos íntimas.

"Meu McItália favorito..."

Jogo meu celular pela janela. Não, esse eu nem vou perder tempo escutando até o final. Talvez tivesse sido mais inteligente apenas fechar o WhatsApp, quiçá desligar o celular. Mas eu cansei. Cansei. Cansei. Eu cansei de ser McItália. Não quero ser algo raro e passageiro na vida das pessoas. E nem quero ser Big Mac! Não quero mais ser popular. Eu quero ser Quarterão. Eu quero poder só existir no meu cantinho, ser o favorito de alguns, ser o.k. para outros. Sem me preocupar com a hipótese de sair do cardápio, e sem incomodar ninguém. Eu quero... Eu quero... Olha, eu não faço ideia do que eu quero. Quem eu tô querendo enganar? Eu perdi o controle. Eu joguei meu celular pela janela. Uma pessoa que joga o celular pela janela perdeu completamente o controle da própria vida.

— Desculpa, moço, eu não queria me descontrolar na sua frente, mas tá impossível segurar.

— Tudo bem, eu vi coisa pior ontem, uma mulher abriu a porta e jogou o marido pra fora.

— Eu não quero voltar pra minha vida.

— Quer que eu mude seu destino no aplicativo?

— Taí um aplicativo que ia ser útil, né? Um aplicativo que pudesse mudar nosso destino...

— Hã?

— Eu vou descer agora. E vou sair correndo do carro pra aumentar o efeito dramático da minha decisão, o.k.? Mas se eu recuperar meu celular um dia prometo que te dou cinco estrelas.

Salto do carro. Chorando. Muito. Muito mesmo. Mais do que nunca. Mais do que nunca? Tento lembrar das outras vezes que chorei tanto assim. Lembro de quando meu pai faltou na minha apresentação de fim de ano do ballet pra trabalhar. E do ano seguinte, que ele foi na apresentação. Obrigado pela minha mãe. E fez mais elogios pras minhas amigas do que para mim. Tenho quase certeza que ele tava flertando com a tia Soraya, mãe da Flavinha. Lembro também do Cadu, me batendo de implicância na terceira série porque eu não queria emprestar minha caneta. Era daquela de quatro cores, sabe? Azul, preto, vermelho, verde. E tinha sido o último presente que meu pai me deu antes de separar da minha mãe e começar outra família. Eu não consigo, no meio das lágrimas, decidir qual desses homens todos que me fizeram chorar é a última pessoa do mundo que eu quero encontrar. Mas sei que não quero chorar por nenhum deles nunca mais.

Eu não preciso de nenhum homem pra me proteger. Eu sou forte. Quer dizer, ainda não. Mas eu posso ser! Eu não quero voltar pra casa. Eu quero sair pro mundo. Eu quero dominar o mundo. Não, eu não vou dominar o mundo. Mas eu sei que eu posso se eu quiser. Eu sou forte. Eu sou bonita. Eu sou inteligente. Por que eu preciso depender de homem pra ser feliz? Qual é o meu problema? Isso tem que mudar.

As outras quatro Júlias já se acomodavam no carro de autoescola para partir quando eu cheguei.

— Sabia que você ia voltar.

Júlia Três sorriu como se tivesse acertado um palpite pela primeira vez na vida. Fico feliz. Honestamente. Não quero mais chorar e nem fazer outra pessoa chorar. E se, no meio do processo, fizer outra pessoa sorrir, tô no lucro. Essa é a nova Júlia. Júlia Dois, a geradora de sorrisos. Júlia Dois, a mulher moderna que fortalece as manas. Júlia Dois, aquela que deixou de ser feminista só no Instagram e decidiu ser uma pessoa melhor offline também. Ainda não foi criado um aplicativo que nos ajudasse a decidir nosso destino. Mas algo me colocou no caminho dessas quatro malucas. Ou não. Não sei se acredito 100% nisso ainda. Mas é a única coisa que eu tenho pra me apegar agora.

— Eu quero propor um pacto. A partir de hoje a gente não vai depender de mais ninguém pra ser feliz além de nós mesmas. E vamos saber o valor de uma boa parceira apesar disso, porque a vida sozinha é uma bobagem. Uma vai fortalecer a outra. Uma vai erguer a outra quando ela cair. Uma vai cair com a outra se tiver difícil se erguer, e porque deitar no chão até que é gostoso de vez em quando.

Olho para Júlia Um, sentando ao seu lado, no banco do carona, pronta para ser a copilota que ela precisa (coitada dela dependendo das Júlias de três pra cima na estrada).

— Vamos pra São Paulo conhecer seu pai.

Júlia Quatro se aconchega em uma das janelas do banco de trás com um travesseiro roubado do quarto de motel.

— E vamos viver aventuras pra sua vida ser a mais interessante de todas as vidas interessantes que a gente já viu.

Júlia Três fica no centro, Júlia Cinco na outra janela. E se Júlia Cinco entrou no clima da autoajuda cafona, eu sou capaz também. Me esforço. Vamos dar uma chance pra sinceridade cafona do bem. Só ela pode nos salvar no dia seguinte ao fim do mundo. A ressaca do apocalipse virtual. Estou testando termos de efeito pra entrar no clima.

— Vamos lembrar a cada dia por que a gente não pode desistir nunca.

Júlia Três espera ansiosa pela frase de efeito que pensei pra ela. Mas a verdade é que ainda não pensei em nenhuma.

— E você... Eu não sei se inventaram solução pra burrice ainda, mas vamos se entupir de pizza e ser feliz!

Dia desses parei para ler meu horóscopo e estava escrito algo tipo "nunca é tarde para mudar antigos costumes tóxicos que afetam a você e aqueles ao seu redor". Carma, sério, me desculpa pelo SeaWorld. Estou arrependida. De montanha-russa já basta a minha vida. Prometo melhorar.

[3/5]

Júlia 3

J4 – Um probleminha: se eu não aparecer em algumas horas meu pai vai bloquear meus cartões de crédito.

J2 – A gente precisa gastar todo o dinheiro que a gente puder de uma vez agora. A gente tem que comprar tudo que vai precisar na viagem antes que bloqueiem nossos cartões.

MELHOR. DIA. DA. MINHA. VIDA.

Primeira parada: supermercado.

Cada uma pega seu carrinho.

Já entro no corredor de batata chips passando o braço na prateleira sem dó. Vou comer tanta batata nessa viagem que meu corpo vai ser composto por 70% de água e 70% de batata.

Júlia 5 coloca mais álcool em seu carrinho do que a gente acabou de colocar no carro de autoescola pra chegar em São Paulo.

Júlias 1 e 2 pegam coisas mais saudáveis. Frutas, queijo minas, pão integral.

Fico culpada. Tudo bem sair da dieta por um dia se o dia em questão for o dia seguinte ao uLeaked.

Mas tô perdendo a linha.

Precisava mesmo colocar Oreo e Negresco no carrinho? São a mesma coisa.

Minha desculpa oficial para colocar o Negresco foi "valorizar o produto nacional".

Negresco é brasileiro, né?

Ou não? Eles disseram numa campanha que eram a "cara do Brasil".

Será que eu caí em um golpe do Marketing?

Eu caio em muitos golpes do Marketing.

Júlia 4 se aproxima. Coloca um Trakinas no carrinho. E olha pra mim fazendo cara de Trakinas.

J4 – Pode encher o carrinho de biscoito, se te deixa feliz. Você é linda e legal de qualquer jeito. Gorda, magra, do jeito que for.

Sabe, eu acredito até nesse Marketing que é um sujeito que eu nem conheço, por que não acreditar nessa explosão de fofura que é Júlia 4?

EU – Queria que alguém tivesse me falado isso quando eu era mais nova.

J4 – Se te consola, acho que isso tá acabando. Eu também sofri com essas coisas. Engordando e emagrecendo a infância e adolescência inteira. Eu sou o efeito sanfona em pessoa. Na quinta série eu tinha tanta coisa fora do padrão, tipo, eu tinha ao mesmo tempo espinha, usava óculos, aparelho, era gorda, baixinha... Era tanta opção do bullying que algumas pessoas ficavam confusas do que zoar primeiro. Aí uma menina me apelidou de "Anomalia", que dava pra englobar tudo.

EU – Que coisa horrível!

J4 – Mas eu gosto de pensar que todos esses filmes e séries de agora, falando pras pessoas se aceitarem do jeito que são, tão mudando um pouco o mundo. Eu sinto que sofri pra poder cair a ficha nas pessoas que isso era errado. E a nova geração já tá bem melhor. A gente deve ser a última geração mal resolvida da humanidade. Essas crianças novas já tão nascendo evoluídas, filhas de mães feministas. Eu dei um forninho da Barbie de aniversário pra minha sobrinha e ela jogou pela janela gritando "FORA PATRIARCADO!".

Segunda parada: Shopping.

Júlia 1 compra um ukelele (ukulele? uqueleren?) em uma loja de instrumentos. Será que é pra ela ou faz parte de um plano secreto para que nos tornemos uma banda?

Júlia 2 compra na papelaria uma daquelas canetas de quatro cores. Adoro. Não entendo como TODAS as canetas não são de quatro cores. Se uma caneta pode ter quatro cores ao mesmo tempo, por que ainda fabricam canetas de uma cor só?

Sacamos dinheiro no caixa eletrônico. Brinco de fazer aquele negócio de jogar o dinheiro pro alto tipo filme, sabe? Daquelas cenas com stripper?

Elas não acham graça. Júlia 4 ri por educação. Jú Four é show.

Terceira parada: praia.

Pegar um solzinho antes de ir pra Sampa, né, meu?

Mentira.

Chegou a pior parte do plano de Jú Two.

Estou curtindo essa onda de criar apelidos pros apelidos.

J4 – Certeza disso? Parte de mim vai morrer afogada com esse celular.

J2 – A gente tem que se livrar dos nossos celulares e tudo que prende a gente na vida antiga.

Como Jú Two jogou o celular dela pela janela, convenceu a gente a fazer o mesmo. Estamos as cinco, de frente para o mar, celular na mão, alguns ambulantes vendedores de mate olhando e julgando a gente.

Mas tudo bem. Não me importo mais com a opinião de desconhecidos.

EU – A gente não pode nem tirar uma selfie antes e postar um #PartiuSãoPaulo?

J2 – Claro, estamos fugindo, mas vamos avisar pra onde, né...

EU – Eba!

Jú Four sussurra no meu ouvidinho avisando que é sarcasmo de Jú Two.

Paro pra refletir sobre como minha vida teria sido mais fácil se sempre tivesse uma amiga ao lado avisando o que era sarcasmo e o que não era.

Sarcasmo é coisa de gente inteligente.

Ou pelo menos é isso que gente inteligente gosta de pensar. Mas tudo bem. Faz bem pra eles se sentirem inteligentes. Eu apoio qualquer coisinha que faça a pessoa se sentir especial. Mesmo sem entender.

Jogamos nossos celulares.

Eu posso não entender o que é sarcasmo, mas tenho o braço mais forte. Meu celular vai mais longe que todos os outros. Tentei mentalizar a raiva que eu tinha de operadores de telemarketing me ligando de manhã pra oferecer novos planos.

Voltamos para o carro.

J2 – Por que você comprou um vibrador?!

Nossas bolsas ficaram nas pernas de Jú Two, já que as compras ocuparam todo o porta-malas.

EU – Eu não comprei. É meu. Sempre carrego comigo na bolsa.

J2 – Caralho, você é uma devassa.

EU – Não, eu não uso por motivos sexuais. É uma tática pra não ser assaltada. Eu fico imaginando o bandido vindo me assaltar, ele pega minha bolsa, olha o vibrador e cai na gargalhada. Porque é uma surpresa inusitada. Aí ele simpatiza comigo e desiste de me assaltar. No máximo pega minha carteira, porque ele é um bandido cruel, mas me devolve identidade e carteira de motorista.

J1 – Na verdade, isso é bem inteligente.

Pergunto pra Jú Four, sussurrando, se foi sarcasmo. Ela diz que não.

EU – Olha, obrigada. É a primeira vez que me falam isso na vida. Amo vocês! Vamos ser amigas pra sempre?

Todas gargalham. Eu meio que desconfio que dessa vez não foi só por educação. Fico orgulhosa.

EU – Vai! É a vez de vocês falarem coisas que a gente ainda não sabe uma sobre a outra.

J4 – Que tipo de coisa?

EU – Sei lá. Curiosidades. Tipo a minha.

J2 – Eu tenho muito problema com reciclagem. Tenho sérias dificuldades pra saber o que é orgânico. Tipo... Um papel de sanduíche do Subway com um pouquinho de comida. Vai pra reciclagem ou pra outra lixeira? Qual dos dois setores vai ter menos trabalho quando receber meu resto de sanduíche com papel?

EU – Eu ainda conto com os dedos de vez em quando, sabia? Desculpa. Eu sei que eu já falei minha curiosidade. Mas é que eu gosto muito de participar. Sempre que um mágico pede voluntário eu vou lá e subo no palco. Taí, mais uma curiosidade minha. Ah, e eu amo mágica! Queria que a vida tivesse mais mágica. Alguma de vocês sabe fazer mágica? Não? O.k.

J5 – Eu prendia a respiração assistindo *Titanic* nas cenas de afogamento pra saber se eu sobreviveria. E deixava o ar-condicionado no máximo. Era uma brincadeira minha com a minha mãe.

EU – O que é *Titanic*?

J5 – É um filme antigo, da época da minha mãe.

EU – Vocês me avisam quando for minha vez de novo?

J2 – Conta do seu namorado. Como ele é?

EU – Muito fofo! Meio barrigudinho. E com um barbão. Parece um ursinho carinhoso comunista.

J5 – Alguém quer rum?

J2 – Por que você comprou rum?

J5 – A Júlia 3 comprou três marcas de batata diferente, achei que eu tinha direito de comprar bebidas exóticas. Alguém quer? Com coca fica uma delícia.

J1 – Tô dirigindo, não posso.

J2 – Não, obrigada, não sou um pirata.

Eu tomo um golinho. Quero ser solidária com toda proposta que alguma das Júlias jogar na mesa.

J5 – Quatro, quer?

J4 – Brigada, mas ainda tô me recuperando de ontem.

Seguimos viagem em silêncio por um instante.

Tenho medo de silêncios.

Não lido bem com silêncios.

Todo silêncio é a possibilidade de alguém estar pensando em desistir.

Não quero que nenhuma delas desista da viagem, eu tô amando cada segundinho longe do meu problema.

A saudade do Rodrigo também bate forte quando eu paro pra pensar.

E é por isso que eu não posso ficar em silêncio.

Eu não posso pensar.

Eu não posso sofrer.

Eu preciso acabar com o silêncio.

Puxo uma canção. Uma das minhas preferidas.

EU – A Júlia roubou pão na casa do João, a Júlia roubou pão na casa do João...

Nenhuma das Júlias embarca na canção. Estranho. Que tipo de gente não se empolga com a canção do pão na casa do João?

EU – Cês não conhecem a letra? Tem que falar "Quem? Eu?".

J2 – De qual Júlia cê tá falando?!

EU – Não sabe, não sabe, vai ter que aprender...

JÚLIA CINCO **feat. J4**

Cinco músicas para escutar lendo o capítulo:

1. LCD Soundsystem — "American Dream" (versão do Electric Lady Sessions)
2. Emmy the Great — "Constantly" (versão em mandarim)
3. Moses Sumney — "Make Out in My Car" (versão do Sufjan Stevens)
4. Fiona Apple — "I Know" (versão mais recente com a King Princess)
5. Iron & Wine — "Passing Afternoon (Demo)"

E três músicas minhas (J4):

1. Taylor Swift — "All Too Well"
2. Taylor Swift — "Begin Again"
3. Taylor Swift — "I Almost Do"

A viagem seguiu surpreendente bem pela estrada até São Paulo. O assunto não parou um segundo sequer. As pessoas são mesmo incrivelmente fascinantes quando a gente acaba de conhecer elas. Éramos cinco universos prontos para ser explorados uma pela outra. E no meio da exploração, um colapso. Não de planetas. De mãos. A minha mão tocou a mão da Júlia Quatro por acidente, nós duas tentando pegar batatas do saquinho no colo de Júlia Três. E, se as mãos se tocaram por acidente, foi de propósito que elas continuaram se tocando.

O diálogo a seguir não é um diálogo. Mas sim os pensamentos de nós duas durante os vinte e sete minutos pelos quais as mãos se mantiveram em contato.

QUATRO
Ela tá segurando a minha mão. Será que ela
sabe que é a minha mão e não uma batata?

EU
Será que ela percebeu que eu tô segurando a
mão dela? E por que eu tô fazendo isso? Ela é
hétero. E é apaixonada por um cara. E ela nem
é meu tipo!

QUATRO
Eu vou balançar a mão de leve pra ela
perceber.

EU
Merda, ela tá se sentindo incomodada. Vou
tirar a mão devagarzinho pra fingir que foi
sem querer.

QUATRO
Não, na verdade eu não quero que você tire a mão. O carinho tava gostoso. Eu faço em você também.

EU
Por que ela tá retribuindo o carinho? Ela sabe que o meu carinho é com segundas intenções? Quer dizer... Eu sei se o meu carinho é com segundas intenções?

QUATRO
Será que isso significa alguma coisa? Por que eu tô tão curiosa? Será que eu também sou lésbica? Não, eu não sou. Eu já fiz um teste no Buzzfeed que disse que eu não era gay. Vou contar até cinco e vou tirar a mão. Um... Dois...

EU
Ela é meio estranha. E sem jeito. Mas eu meio que curto ela. A boca dela é linda. Merda, fudeu.

QUATRO
Quatro... Quatro e meio... Quatro e setenta e cinco... Merda, fudeu.

EU
Será que ela gosta de mim?

QUATRO
Será que ela gosta de mim?

EU
Duvido, eu sou toda errada.

QUATRO
Duvido, eu sou toda errada.

EU
Ainda bem que quem tá segurando a batata
é a Três e ela tá empolgada demais com a
viagem pra perceber qualquer coisa.

QUATRO
Eu sou mais alta que ela. Isso é estranho. Os
poucos meninos que eu beijei eram mais altos.
Mas eu posso emprestar meu salto pra ela...
porque ela também é menina! Quê? A gente
vai ter dois armários pra compartilhar!

EU
Merda. A gente tem o mesmo nome. A pior
coisa que tem na comunidade LGBTQIA+ são

casais com mesmo nome. A gente vai virar "As Júlias". Acabou minha individualidade. Peraí! Por que eu tô falando em relacionamento?? O que você fez comigo?

QUATRO
Será que ela gosta de ver série?

EU
Será que ela gosta de fazer maratona de série?

QUATRO
Meu Deus! E se ela tiver o poder de ler mentes? Tanta coisa bizarra acontecendo. Como ela adivinhou que ela era a que eu tinha achado mais legal das Júlias? E que eu tava louca pra ela gostar de mim? Ela lê mentes! E eu tô perdendo todo o meu *sex appeal* com ela pensando essas besteiras. Vou bloquear minha mente!

EU
O.k. Isso pode ser interessante. Ela parece mais madura que as outras meninas que eu conheci.

QUATRO
...

EU
E, apesar de certinha, não negou a aventura de ontem.

QUATRO
...

EU
E confiou em mim! De olhos fechados! Não me julgou. Ela me entende.

QUATRO
Não, acho que se ela tivesse perdido o interesse teria parado com o carinho. Tá tranquilo. Será que ela vai rir dos mesmos memes que eu?

EU
Será que ela vai rir dos mesmos memes que eu?

QUATRO
Meu Deus. Eu tô apaixonada por uma menina.

* * *

Conversamos brevemente em uma das paradas na estrada. Júlia Um abastece o carro, Júlia Dois dá uma olhada numa lojinha de artesanato, Júlia Três enche uma sacola de biscoitos amanteigados. Eu e Júlia Quatro sobramos na mesa. Bebo um espresso duplo. Ela, fanta.

EU

Me explica esse seu lance da Taylor Swift.

QUATRO

Como assim?

EU

Qual é a graça dela? Por que ela não é só uma cantora pop como qualquer outra?

QUATRO

Humm… Ela escreve. Acho que é isso. Olha, eu não tô aqui pra dizer que ela é a melhor diva pop não. Ela só é a minha preferida. Beyoncé e Rihanna são maiores, sem dúvida. E eu entendo quem tem implicância com a Taylor. Tem uma coisa meio arrogante na postura dela de vez em quando. Mas… Ela escreve. E são boas histórias. Ela é uma ótima contadora de histórias. O meu pai botava sempre pra tocar lá em casa um disco do Bob Dylan, que também é um ótimo contador de histórias. E eu até acho os dois muito

parecidos. O Bob e a Taylor. Ela é super o Bob
Dylan da nossa geração.

EU

Não precisa exagerar.

QUATRO

O.k., nos últimos álbuns ela foi muito pro pop.
E os primeiros podem ser country ou infantis
demais pro seu ouvido. Mas o *Red*, que foi o
álbum no meio das duas fases, é perfeito. Eu
acho que ela é a artista que melhor escreve
sobre a nossa geração. Sobre o que é viver
hoje, se relacionar hoje, ser jovem hoje. Talvez
as músicas dela soem menos profundas que as
do Bob. Mas talvez nossa geração seja menos
profunda. A culpa não é da Taylor!

EU

O.k. Vou dar uma chance pra ela tendo isso
em mente.

Ela sorri. Eu também. O mundo também.

QUATRO

Que sorriso é esse? Tá me achando ridícula?

EU

Não, achei fofo. Eu gosto de qualquer coisa defendida com essa paixão toda. Eu sou assim com o Stephin Merritt.

QUATRO

Sim, claro. Grande Steven.

EU

Não precisa fingir que sabe quem ele é. Quase ninguém sabe. Mas ele é tipo um dos maiores compositores de todos os tempos. Um Bob Dylan mais depressivo e ultrarromântico. Mas mais depressivo que romântico. Ou não. Sei lá. Deixa pra lá.

QUATRO

Você ouviu cada palavra minha sobre a Taylor Swift. O mínimo que eu posso fazer pra retribuir é escutar sobre ele também. O único problema é que a gente tá sem Spotify porque jogamos o celular no mar. Mas você pode cantar uma música dele...

EU

Eu odeio cantar.

QUATRO

Por quê?

EU

Eu não vejo sentido em fazer algo que eu faça mal. E só devo ter acertado duas ou três notas a minha vida toda. Mas eu posso te contar um pouquinho sobre ele. Só que não quero te entediar.

QUATRO

Vai, me conta. Eu não tô entediada.

EU

Ele é esse cara, que é genial. Tipo, genial mesmo. Eu não uso essa palavra pra qualquer um. Só pra ele, Chico, e, sei lá, um ou outro escritor.

QUATRO

Qual Chico? Bento?

EU

Buarque.

QUATRO

Sim, claro. Chicão. Conheço super bem a obra dele também.

EU

O.k., esse fica pro próximo papo. Mas...
O Stephin é genial. Um dos melhores
compositores do mundo. Escreve as coisas
mais lindas. E ninguém conhece. E ele não se
importa. Ele escreve os versos mais românticos
e esconde eles nas melodias mais bizarras e
menos comerciais possíveis. É quase como
se ele quisesse se esconder do mundo e se
expressar ao mesmo tempo. Porque o lance
da música é que as pessoas precisam ouvir,
né? Não adianta você guardar só pra você.
Mas e se você é uma pessoa que não lida bem
com o resto do mundo? Que tem pânico
de lidar com ele? Como você lida com esse
dilema de precisar se libertar e se esconder
ao mesmo tempo? E... Ele é uma criatura
extremamente insuportável. Ele é líder de
uma banda chamada The Magnetic Fields. E
eu vi um documentário que os integrantes da
banda dizem que basicamente odeiam ele, que
é quase impossível conviver com ele... Mas
não conseguem abandonar a banda porque ele
escreve as coisas mais bonitas do mundo. Parte
de mim pensa... Será que se eu fosse capaz
de criar algo tão especial como ele, ninguém
nunca ia me abandonar?

Ela me olha com pena. Eu odeio esse tipo de olhar.

QUATRO
Eu acho que você...

EU
Não, eu exagerei. Eu não penso isso. Eu...
viajei.

QUATRO
Pode desabafar comigo o que precisar, quando precisar...

EU
Eu não tenho nada pra desabafar. Enfim...
Ele escreveu meu álbum favorito da vida, *69 Love Songs*. É um álbum triplo com 69 canções de amor.

QUATRO
E qual a melhor das 69?

EU
Impossível escolher. Você sabe escolher sua música preferida da Taylor?

QUATRO

Eu tenho uma pra cada dia da semana. Escuto sempre tomando banho. Segunda é "Shake it Off" pra dar gás pra enfrentar a semana. Terça, "We Are Never Ever Getting Back Together". Quarta, "Mine". Quinta, "Begin Again". Sexta, "Love Story". Sábado, "Blank Space" ou "Bad Blood", depende de como foi a semana. E domingão é "All Too Well" porque eu sempre deixo a melhor parte por último. Tipo, almoçando, sempre como os legumes primeiro do prato e a batata frita por último.

EU

O.k. Tá… Vou fazer um Top 5 improvisado, músicas preferidas do Stephin Merritt, de todos os álbuns do Magnetic Fields: "All My Little Words", "I Don't Want to Get Over You", "100,000 Fireflies", "You Must Be Out of Your Mind", "I Don't Really Love You Anymore".

QUATRO

Serão as cinco músicas dos meus próximos cinco banhos.

Júlia Um

— Seu pai mora em um hotel? — Júlia Quatro pergunta, fofa.

[Será que ela é do tipo que se sente bem sendo chamada de "fofa"? Tem gente que odeia, o fofo saiu de moda. Mas amo tanto o termo "fofo". O mundo começou a sair do rumo quando virou chato ser "fofo". Não que eu seja fofa. Não tenho nada de fofa. Mas admiro quem consegue colocar doçura nesse mundão amargo.]

— Não. Esse é o hotel que eu pensei da gente ficar. Vocês podem me esperar aqui enquanto eu falo com o meu pai. Ele mora nesse bairro.

— Como assim? A gente veio te acompanhar. Não ia todo mundo falar com o seu pai junto pra te dar uma força?

Júlia Três é fofa também. De outro jeito. E as Júlias Dois e Cinco, embora se esforcem para mostrar o contrário, também têm certa fofura disfarçada. Será que o "fofo" não vem da pessoa mas sim do nosso olhar? O que um filhote de cachorro tem que outras pessoas não têm? E qual o problema de quem não vê encanto em um filhote de cachorro? O que interessa é que meu olhar, no momento, é extremamente simpático a essas quatro moças que acabei de conhecer. E isso não é normal para mim, juro! Sou super difícil pra simpatizar com alguém de cara. Mas elas são especiais. Ou me fazem sentir especial. Ou tudo junto.

— O que vocês vão falar com o meu pai? Só eu tenho coisa pra falar com ele.

— A gente pode jogar um jogo. Aparecemos as cinco na frente dele e ele tem que adivinhar qual é a filha. — Júlia Três tem um modo artesanal de pensar. — Ou mímica. Adoro mímica. De vez em quando eu esqueço as regras, mas adoro.

— Como uma pessoa consegue esquecer as regras da mímica? É só fazer mímica!

Acho que uma das minhas coisas favoritas da viagem será presenciar Júlia Dois perdendo a paciência com Júlia Três.

— Mímica é muito complicado, tá legal? Som... Pode? Não pode? Varia de cada corrente. E fazer numeral com a mão? E apontar? Eu acho justo apontar, porque é um gesto. Mas tem gente que me reprime.

O pior é que algumas coisas que ela fala quase fazem sentido.

— Podem descer do carro da minha mãe e arrumar uns quartos pra gente? Encontro vocês à noite.

— E o que a gente vai fazer até lá?

A ficha está caindo em Júlia Quatro de que a única que tinha um plano era eu. Ela olha para Júlia Cinco em busca de uma direção. Júlia Cinco olha para Júlia Dois em busca de uma sugestão. Ninguém olha para Júlia Três, mas ela é a única que se manifesta.

— A gente pode ir no Playcenter.

Júlia Dois revira os olhos para Júlia Três pela quadragésima terceira vez desde a partida do Rio. Estou contando.

— Não existe mais o Playcenter. Quando foi a última vez que você veio pra São Paulo?

— Eu era criança. Mas a gente pode ir no Hopi Hari então.

— Esse ainda existe.

— Eba!

— Mas fica longe e nosso único carro é o da Júlia Um.

— A felicidade é tão efêmera.

Quarenta e quatro.

Júlia Dois

Eu já tava aqui imaginando um filme sobre a gente, *Five Julias*. E Júlia Um nos abandona pra ver um macho. Ela nunca assistiu nenhum vídeo no YouTube sobre sororidade? Júlia Um, francamente, estou decepcionada. *Four Julias* não tem o mesmo impacto. Números pares não são elegantes. E geralmente acabam sendo desmembrados em duas duplas. Uma já está formada. Júlias Quatro e Cinco não se desgrudam. Quem vai me sobrar? Eu ia chamar ela de porta, mas já conheci portas mais espertas que Júlia Três. Tenho uma amiga rica cuja porta abre reconhecendo impressão digital. Eu adoraria se minha dupla fosse com uma porta com reconhecimento de digitais. Ou talvez uma porta clássica, perfil europeu, maçaneta dourada, ou... Não. Não, Júlia. Não, não, não... Você não tinha se transformado em uma nova mulher? Lembra do lance do carma? E aí? Você precisa amar o próximo. E respeitar o próximo. E firmar uma parceria linda e poética com essas mulheres maravilhosas que um dia se tornará uma série da Netflix nacional de grande sucesso que depois será adaptada para a Netflix gringa, você será chamada para a première em Los Angeles, vai conhecer o Noah Centineo e... O que tá acontecendo comigo? Que planos são esses? Que parágrafo grande. A vida é assim. Um dia você acorda Júlia Ferreira, quase cem mil seguidores no Instagram. No outro você já virou Júlia Dois. No outro você está quase se transformando numa Júlia Quatro.

Não cheguei a comentar, mas comprei um Mentos no início da viagem. Gosto muito de Mentos. Mentos azul, clássico, mentinha gostosa. Abri a embalagem, coloquei o primeiro na boca... Veio com sabor de morango. A bala tava branca. A embalagem tava certinha, do mesmo jeito de sempre. Mas o gosto daqueles Mentos ("Mentoses"?) de menta era de Mentos ("Mentoses"?) de frutas sortidas. Fico pensando o que foi que aconteceu. Será que todos os Mentoses ("Mentos"?) são feitos juntos na mesma fábrica e uma garrafa do xarope de frutas misturou com o caldeirão das balas que seriam originalmente do sabor clássico? O importante é: eu nunca dou chance para os Mentos ("Mentoses"?) de frutas. Porque eu tô acostumada com os Mentos ("Mentoses"?) originais.

{Pra facilitar a leitura [e a escrita (hehe)], vou chamar os Mentos originais de Mentos e os Mentos de frutas de Mentoses.}

Eu nunca dei chance pra ser uma pessoa diferente do que eu era. Nunca dei chance pra ideia de andar com pessoas diferentes de mim. E a vida derramou esse xarope de Mentoses no meu caldeirão de Mentos. Eu poderia reclamar. Não era o que eu queria. E parecia estar tudo o.k. Mas também parece estar tudo o.k. agora, de um jeito maluco e misterioso. A antiga Júlia, ficando em casa, sem ter conhecido essas outras quatro Mentoses, estaria provavelmente neurotizando em cima da quantidade de seguidores novos que a exposição das minhas fotos nuas rendeu. O que é errado em muitos níveis. Mas não... Eu parei pra ajudar duas meninas na rua. Algo que normalmente não faria. E o destino me deu em troca quatro Mentoses de morango, laranja, limão e... feijão?

Sei lá. Estou me apegando. Tendo amigas que eu consigo me imaginar fazendo questão de ter pra vida toda. Então ver Júlia Um nos abandonando, mesmo que rapidamente, me abala. Sinto elas se misturando em mim. Acabei de bater de cara no vidro da porta de entrada do hotel como se eu fosse um dálmata (explicando: o dálmata do tio Ricardo sempre batia de cara no vidro do quintal, aparentemente dálmatas têm dificuldade em entender o conceito de "vidros transparentes"). Enfim, isso já é um pouquinho a portice de Júlia Três se entranhando em mim.

O que eu quero dizer é: nesse momento me sinto diferente. E isso é ótimo. Se essa história acabasse agora, tudo que eu gostaria de falar é... Se joguem. Se joguem nos Mentoses. No de blueberry. No de tutti-frutti. No ice mint. Se joguem.

— O que a gente vai fazer enquanto ela procura o pai? A gente não vai ficar trancada no hotel, né? — Júlia Cinco levanta a principal questão do momento. Ela tem cara de quem conhece umas baladas alternativas interessantes de Sampa. Eu posso chamar de Sampa? Ou é meio tiozão? Vontade de sair por aí falando "ô meu" pra todo mundo. Eu quero ir no bairro da Liberdade em algum momento. Quero comer doces japoneses, adoro. Também acho o nome simbólico pra nossa jornada.

— A gente pode ir num karaokê. — Primeira vez que concordo com uma ideia de Júlia Três?

— Eu odeio karaokê. — Não é a primeira vez que discordo de Júlia Cinco. Mas não me manifesto. Com a saída de Júlia Um, ela assume o perfil de líder. Nessa hora vocês se perguntam: "E você, Júlia Dois, tão maravilhosa, por que não vira líder?". Protagonismo é superestimado. Prefiro ser a coadjuvante que rouba a cena.

— COMO ALGUÉM PODE ODIAR KARAOKÊ? — Júlia Três aparentemente é bem passional sobre karaokê. Qual será a música oficial de karaokê dela?

— Eu não sei cantar — Júlia Cinco também revela, mostrando uma curiosa fragilidade no tom da voz. Será que tem um trauma do passado dela envolvendo karaokê? Ela nunca falou do pai. Será que ele é só insignificante mesmo ou ele a abandonou numa noite de karaokê? Ele mandou um "vou cantar 'Evidências' e já volto" e nunca voltou?

— É melhor ainda sem saber cantar! Karaokês são pequenos palácios que reúnem as melhores coisas da humanidade: comida gordurosa, álcool, amigos, álcool, música e sistemas de pontuação que não fazem o menor sentido — Júlia Três argumenta e lembro de uma amiga da escola, atriz de musicais, quando tirou 64 num karaokê de uma festa. A menina armou um barraco... Jogou o microfone no bolo. A gente cantava depois e o microfone cheio de formiga com cheiro de doce de leite.

Júlia Quatro tenta apaziguar os ânimos:

— Eu acho muito mais legal assistir pessoas que não sabem cantar do que aquelas que acham que são profissionais e ficam berrando.

— Eu não curto fazer papel de ridículo — Júlia Cinco solta essa bomba, sem saber que acaba soando tão tolinha quanto Júlia Três. Fazer papel de ridículo em karaokê é um dos pequenos grandes prazeres secretos da vida. Eu, particularmente, gosto de cantar "Let it Go" bêbada copiando a coreografia do filme.

Chega nossa vez de falar com a recepção do hotel. O recepcionista, de vinte e poucos anos, tem cara de ser o filho do dono que teve que assumir a função após uma série de escândalos com todos os recepcionistas anteriores revelados pelo uLeaked. A cara de cansaço do rapaz é de dar dó. Fico levemente a fim dele. Tem jeito de quem gosta de ver série abraçadinho depois do sexo. Maior frustração da minha primeira vez com o Tiago foi descobrir que ele nem assinava Netflix. Após o sexo ele pegou o celular e ficou me mostrando meme ruim. Eu nunca fantasiei sobre orgasmos múltiplos. Mas tinha esse desejo secreto de encontrar alguém que ao mesmo tempo curtisse maratonar uma série bobinha e me atrair fisicamente. O Vitor era ótima dupla de série. Nunca pegou no sono no meio de um episódio. Que homem! Mas eu não me sentia tão atraída, não tinha vontade de sair arranhando ele. O Tiago eu arranhei muito. E devia ter arranhado mais. Até sangrar. Até cortar a cabeça dele. Aquele filho da puta. Enfim, talvez não se possa ter tudo ao mesmo tempo numa pessoa só.

— Vocês vão querer um quarto normal ou na promoção?

Promoção é a palavra mais bonita da língua portuguesa.

— Como é a promoção?

— Todos os hotéis de São Paulo tão com promoção nos quartos que tiveram algum assassinato ou suicídio por causa do uLeaked.

Será que é indelicado perguntar sobre o histórico de quem morreu em cada quarto? Só pra saber se o fantasma que vai assombrar a gente é do bem tipo Gasparzinho ou uma coisa mais Annabelle. Alguém que morreu tinha boneca? Será que eles têm essa informação no sistema? Ainda existem sistemas? O rapaz está sem computador. Reparo na mesa dele. Está anotando tudo sobre os hóspedes em bloquinhos e cadernos.

— Os descontos vão até 80%. — Quem se importa com fantasma? Eu divido até cama com aquela freira do filme se for por um desconto de 80%.

— Acho que se já tiraram os corpos é tranquilo — Júlia Três solta essa pérola e nós três rimos. O rapaz fica sério, confere o caderninho...

— Tem dois que tão livres sim.

O mundo tá doido, gente. E talvez uma doida tipo a Três seja a única pronta pra se virar nessa nova ordem mundial.

— Estamos sem serviço de quarto, nosso chef foi preso. Mas a cozinha tá liberada pros hóspedes. Vocês podem entrar e fazer a própria comida.

Pegamos as duas chaves, entramos no elevador panorâmico. Ele vai subindo e podemos ver o horizonte infinito de prédios de São Paulo. Exploramos o andar onde vamos ficar. Uma das paredes está manchada de sangue, mas Júlia Três tenta nos convencer de que pode ser ketchup. O primeiro quarto é maior, duas camas de casal. O segundo, uma cama de casal. Proponho que a divisão seja feita pela ordem das Júlias (Um, Dois e Três no quarto maior/ Quatro e Cinco no quarto menor). Argumento que é mais fácil, que estou com preguiça de fazer mais sorteios, mas no fundo eu só quero ver no que vai dar Júlias Quatro e Cinco dividindo uma cama.

Elas disfarçam, mas sinto um climinha rolando. Espero que se lembrem bem desse momento no futuro, que eu dei esse empurrãozinho da cama. Um dos meus maiores objetivos de vida é ser madrinha do filho adotado (ou inseminado) de um casal gay. Ao longo da viagem preciso convencê-las de que eu seria aquela que daria os melhores presentes para esse hipotético bebê. Júlia Um é cool mas já se mostrando ausente. Seria daquelas madrinhas que esquecem do afilhado depois que ele passa dos dez anos. Júlia Três ainda nem passou da idade mental de dez anos, então oferece menor perigo (apesar dos pontos que ganha pelo carisma).

— Vou tentar descobrir uma festa pra gente ir hoje. A dupla que ficar pronta primeiro bate na porta do quarto da outra, já é? — Júlia Cinco propõe. Eu concordo e dou até uma piscadinha pra elas.

Júlia 3

Eu conheci o Rodrigo em 2014, no meio da Copa do Mundo.

Foi show de bola.

A turma se reunia na casa da Thalita pra ver os jogos.

A primeira partida do Brasil foi contra a Venezuela.

Mentira, não foi. Ou talvez tenha sido.

Eu não lembro. E não tenho mais celular pra procurar as coisas que não lembro no Google.

Então vou inventar como foram os jogos.

Mas o resto todo é real. Juro.

Brasil 3 × 0 Venezuela.

Três gols do David Luiz.

Todos os gols do Brasil serão do David Luiz na minha história porque ele é o único jogador que eu lembro agora. Peço perdão adiantado pros outros quinze jogadores da equipe.

Quando o Brasil fez o segundo gol, Rodrigo soltou um grito fino exagerado e chamou atenção de todo mundo. Ele tentou soltar um "GOOOL PORRA" que nem os outros garotos. Mas desafinou.

Ele nunca foi o mais alfa dos machos.

Rodrigo estava claramente tentando se enturmar entre os héteros tops do local.

Mas ele sempre foi um hétero bottom.

E eu achava isso uma fofura. Puxei assunto no intervalo, me apresentei. Ele tentou falar coisa inteligente pra me impressionar. Eu fingi que tava entendendo pra impressionar ele. Uma amiga entrou na conversa e perguntou sobre o que a gente tava falando. Nenhum dos dois soube responder. Na segunda vez que a gente se encontrou foi amor à primeira vista.

Brasil 2 × 1 Bulgária.

Um dos gols foi do Júlio César, o goleiro. Lembrei o nome dele agora. Me pergunto se em um universo paralelo existem cinco Júlios passando por uma jornada parecida com a nossa.

Ele tava com a camisa azul da Seleção. Conversamos durante o intervalo novamente.

Elogiei a camisa, falei que também achava azul mais bonito que amarelo.

Rodrigo me contou que desde pequeno sempre preferiu as camisas reservas dos times de futebol.

Disse que ele mesmo sempre se sentiu um reserva na vida dos outros.

O filho menos querido pelos pais, o amigo menos engraçado do grupo.

Era a primeira vez que os meninos da turma tavam chamando ele pra sair. E ele não sabia lidar com a pressão, cresceu tendo só amiga mulher, foi praticamente criado pela avó.

Perguntei se pelo menos pra vozinha dele ele era titular. Ele respondeu que desconfiava que ela gostava mais das três gatinhas da casa. Mas era o mais próximo de amor verdadeiro que ele tinha. Rodrigo disse tudo isso com uma carinha de cachorrinho abandonado irresistivelmente sexy.

Eu amo gente criada por vó. Se todo garoto fosse criado por vó, o mundo seria bem melhor.

Assistimos o jogo das quartas de final contra a União Soviética na casa do Rodrigo.

Ele ficou enrolado com os deveres de anfitrião durante o intervalo, então nada de bate-papo comigo.

Rodrigo ficava muito charmoso tentando agradar os outros. Quase chorou quando alguém disse que a pipoca tava sem sal. Ô dó... Dava uma vontade de pegar no colo e fazer carinho dizendo que ele era o sal que eu queria na minha vida.

Como ele tava ocupado, decidi passear pela casa dele enquanto o jogo não voltava. Não era uma casa muito grande e luxuosa. Mas também não era pequena. Era uma casa de classe média média.

Escutei um barulhinho vindo de um dos quartos. Encostei o ouvidinho na porta pra tentar entender o que tava acontecendo dentro do quarto. A porta tava aberta e caí de cara no chão.

Era o quarto de Dona Dalva, vozinha linda e fofa do Rodrigo.

Dona Dalva assistia *Chaves* enquanto todo o resto do Brasil assistia futebol.

Dona Dalva amava o Datena. E a Larissa Manoela.

O programa favorito de Dona Dalva era assistir reprises de *Carrossel*.

Dona Dalva assistia SBT no escurinho do quarto dela o dia inteiro. E amava esfiha de queijo do Habib's. E fofoca de família!

Uma das melhores partes de namorar o Rodrigo era passar a noite escutando Dona Dalva falar mal dos tios dele.

Dona Dalva chamava o Rodrigo de Breno. O primo Breno dele, ela chamava de Gustavo. O primo Gustavo era chamado de Pedro. O primo Pedro cada dia tinha um nome diferente.

Mas meu nome ela nunca confundiu.

Rodrigo encontrou a gente quando todo mundo já tinha ido embora. Ficamos debatendo sobre qual casamento da família teve o melhor bufê até ela pegar no sono de mãozinha dada com ele. Tem como não se apaixonar por um garoto que tem paciência pra papear com a vó até ela pegar no sono?

Dona Dalva tinha um ronco muito fofo.

Semifinais. Esse jogo eu lembro direitinho. Todo mundo lembra.

O dia do 7×1. Brasil e Alemanha.

O pessoal tava muuuuito animado antes do jogo. A sede do evento era a casa da Maria Clara, a ryca do grupo. Ela tinha encomendado jantar árabe pra todo mundo. Eu adoro gente ryca que tenta comprar amigos com comida.

E depois ia rolar festinha.

Outra galera do colégio ia aparecer depois do jogo, tinha até DJ...

E aí o jogo começou, né?

A cada gol da Alemanha a bad batia mais forte, matando o clima de festa. No quarto gol, o DJ mandou mensagem desmarcando. No quinto, metade do grupo foi embora. No sexto, a impressão era de que nenhum kebab gratuito salvaria aquele dia.

O dia do 7×1 foi a coisa mais parecida que eu vi com o dia do uLeaked. A Alemanha fez o sétimo gol e ninguém nem sabia o que falar. Como reagir. O barulho da rua parou. O Brasil inteiro tava num silêncio absoluto.

Eu fiquei tão tristinha que até chorei. Não foi só uma derrota. Foi um meteoro caindo naqueles dias que estavam sendo tão divertidos. Talvez o mês mais divertido da minha vida até ali.

Quarenta e cinco minutos do segundo tempo. O Brasil fez um gol.

Ninguém mais se importava.

Rodrigo passou o braço por trás da minha cabeça. Chegou perto. Fez carinho no meu ombro. Sorriu pra mim. Enxugou uma lágrima. E disse: "Ainda dá tempo de virar!".

Eu não sei se ele só queria me animar.

Ou se ele não tinha entendido quanto tempo duravam os jogos.

Mas eu amei, sabe?

A grande verdade do mundo é que sempre vai dar merda alguma hora. Tudo dá errado.

E ter alguém pra acalmar a gente (e fazer carinho no ombro) no meio dessa merda toda é o que faz tudo valer a pena. Foi o que eu percebi aquele dia.

A festinha aconteceu depois do jogo, como estava programado. Alguns amigos foram embora logo. Outros ficaram mexendo no celular. Quase nenhum convidado apareceu. A música era de uma playlist aleatória do YouTube. A Maria Clara botou "Chandelier" pra tocar e depois largou o celular no autoplay. Mas pra mim e pro Rodrigo nada daquilo importava mais.

O carinho no ombro continuou e o jogo, dentro da gente, tava indo pros acréscimos.

Ele deu um beijinho na minha testa. 7×2. Eu retribuí com um beijinho na bochecha dele. 7×3.

O autoplay do YouTube começou a tocar "Bang Bang" e a gente levantou pra dançar junto. 7×4.

O autoplay do YouTube quebrou o clima com "Wrecking Ball". Não dá pra dançar "Wrecking Ball". Mas a gente sobreviveu ao 7×1. Podia tocar até Adele que a gente ia continuar balançando os ombrinhos em um ritmo que tava tocando só na nossa cabeça. 7×5.

Ele chegou mais perto e começou a dançar segurando minha cintura. 7×6.

Rodrigo beijou meu pescoço. 7×7.

E a virada não demorou.

Nosso primeiro beijo na boca se deu enquanto o autoplay do YouTube tocava um comercial de xampu da Head & Shoulders que ninguém pulou.

E agora toda vez que eu vejo alguém com caspa lembro do Rodrigo.

Então é nisso tudo que eu tô pensando agora, olhando pro pozinho branco no ombro da Jú Two.

Ela percebe que eu tô estranha (ou mais estranha que o normal) e tenta puxar assunto.

Acho que tô amolecendo o coraçãozinho duro dela. Que bom.

J2 – E aí? Vai pegar geral hoje? Tirar o atraso?

EU – Duvido. Eu só penso no Rodrigo. E em como ele deve tá me odiando agora. Antes de ser atropelada por vocês eu tinha entrado numa boate com minhas batatas. Minha ideia era sair pegando geral pra me apaixonar logo por outro e parar de sofrer pensando nele. Mas foi tão estranho! Eu comecei a me pegar com um cara e... Sabe quando o beijo não encaixa?

J2 – Mas pode ter sido problema desse cara que você pegou só...

EU – Eu pensei nessa possibilidade. Mas aconteceu o mesmo com os outros dois que peguei depois. Sei lá... Nosso beijo era tão bem encaixadinho. Algumas pessoas, no meio do beijo, ficam mais fechando e abrindo a boca direto... Outras ficam quase cinco minutos com a boca aberta só mexendo a língua. Outras alternam selinho com linguão. Umas precisam de pausa pra segurar baba, outras parece que nem salivam. E, sei lá, a gente se adapta, claro. Mas aquele dia eu me toquei que com o Rodrigo, a gente tinha se adaptado junto. Aliás, a gente foi praticamente o primeiro beijo um do outro. Então a gente "inventou" o nosso estilo junto! E seguimos esse estilo por cinco anos! E aí me bateu uma saudade gigante de quando ele mordia e prendia meu lábio dentro da boca dele e murmurava: "perdeu, agora é meu". Aí eu fiquei triste, larguei o cara que eu tava pegando e saí correndo até vocês me atropelarem. Será que eu nunca mais vou conseguir ficar com ninguém sem ficar triste por ter perdido o Rodrigo?

J4

"Tô pronta", disse eu, inocente, empolgada, querendo logo descobrir o que aquela noite nos reservava. "Não vai passar uma maquiagem? Nada?", ela disse, grossa, sem noção, *blasé*, fazendo cair a ficha de que aquilo era só mais uma ficção da minha cabeça bagunçada. "Por quê? Tô feia?" "Claro que não, relaxa, foi só uma pergunta." Relaxar? Sério? Eu nunca relaxo. Relaxar não é meu lance. Sou adepta do estresse saudável. "Eu não trouxe maquiagem, me empresta?" "Relaxa, foi só uma pergunta!" PARA DE ME MANDAR RELAXAR EU NÃO QUERO RELAXAR SE QUISESSE RELAXAR ESTARIA NUM SPA OU EM CASA ASSISTINDO SÉRIE COMENDO PIPOCA SABOR TEMPERO ESPECIAL DO CHEF!!! Não me exalto externamente no mesmo grau que internamente, mas exibo a melhor "cara de bravinha" do meu arsenal. "Você pode me emprestar mesmo assim?" Júlia 5 me oferece o kit de maquiagem que comprou no shopping antes de nossa partida para São Paulo. A verdade é que eu não faço ideia de como lidar com esses produtos. Eu não sei me maquiar. Eu não gosto de maquiagem. As poucas vezes que tive que me maquiar, abri um vídeo no YouTube na hora pra me ajudar. E agora não tem YouTube nenhum dentro desse banheiro no qual me tranquei enquanto ela se arruma no quarto. A base dela não funciona no tom da minha pele. Mas na verdade eu nunca encontro base que serve pra mim, nem em lojas tipo a Sephora. Será que eu gostaria mais de maquiagem se fosse normal encontrar base no tom da minha pele? Qual desses é o delineador? Será que eu ficaria bem com aquele olho de gatinha meio puxado? Qual desses é o negócio brilhante que a gente bota no olho? Será que dá pra fazer com batom? Batom é o único que eu consigo lidar razoavelmente bem. Mas ela comprou cinco cores diferentes de batom. Tem um azul. Será que o mundo está pronto pra uma Júlia 4 de batom azul? Não. Não está. Deus do céu, que negócio feio. Parece que eu beijei um smurf. Vou tirar. Como tira batom? Água? Demaquilante? Álcool? Sabão? Será que tomo outro banho pra resetar tudo? Barulho do lado de fora. As outras meninas já chegaram pra chamar a gente. Quanto tempo eu fiquei nesse banheiro? Júlia 3 bate na porta, "Amiga, liga a torneirinha que ajuda a liberar!". Ligo o chuveiro pra ganhar mais tempo. Eu tava tão feia assim sem make? E por que eu me importei tanto? Isso nunca tinha me incomodado antes! Eu sobrevivi a tanto bullying sem pirar. POR QUE PIRASTES JUSTAMENTE AGORA, JÚLIA 4? O.k. Calma. Respira. Vai no clássico. Tu não precisa sair daqui uma Kardashian. Batom vermelho? Será? Acho que Júlia 5 vai curtir. Merda. O vapor do chuveiro tá embaçando o espelho. Se tava difícil acertar a sombra do olho com espelho, imagina sem conseguir me ver direito?! "Por que você passou tanta maquiagem? A gente tá indo pra uma balada ou pra uma gravação de novela bíblica?" Júlia 2 não é a pessoa mais doce do mundo, deve estar exagerando. Ha ha ha. Como ela é engraçada. Ha ha. Não é a primeira opinião que esperava escutar para o look da noite, mas não vou me desesperar. "Você passou tanto delineador que amanhã vai estar parecendo um panda." Júlia 5 decidiu entrar na brincadeira (e sair dos meus pensamentos, não gastarei minhas projeções amorosas com alguém que pratica bullying). Até Júlia 3 tenta participar da brincadeira. "Você passou tanto lápis no olho que parece que você é... Parece que você é... Parece que... Desculpa, gente. Eu não sou boa de bullying." Eu tô pistola. Eu tô muito pistola. Eu tô mais pistola do que no dia que a Kim e o Kanye resolveram fazer a internet se virar contra a Taylor. "Vem aqui", diz Júlia 5 sorrindo pra mim. Pfffff... Não vou pra lugar nenhum, ela não manda em mim. O sorriso dela é tão lindo que parece que ela é patrocinada pelo Listerine? É. Mas dessa vez não vai colar. Cabô. Não tô mais encantada. Foi bom enquanto durou. Mas já deu. Ela se aproxima. Coloca a mão dela no meu rosto. Delicadamente retira um pouco da minha maquiagem com um lencinho. Vamos juntas até o banheiro. Ela refaz a maquiagem do meu olho. Termina e sorri pra mim de forma doce. Me esforço e consigo visualizar um tártaro. Mas até o tártaro do dente dela é lindo. Parece que foi estrategicamente colocado ali pra ela não ser "tão perfeita assim", afinal, a perfeição é uma arrogância. "Tá linda agora. E tava antes também. Só pra constar." Morri.

JÚLIA CINCO

Cinco músicas para escutar lendo o capítulo:

1. Tom Waits — "You Can Never Hold Back Spring"
2. Billie the Vision and the Dancers — "You'd Better Watch Out Cause I Like You"
3. Lightspeed Champion — "Everyone I Know is Listening to Crunk"
4. Alabama Shakes — "This Feeling"
5. The Magic Numbers — "Love's a Game"

Minhas amigas de São Paulo sempre comentaram sobre esse barzinho/ boate e consegui fazer a gente furar a fila. Não entendo a cara fechada da Júlia Quatro. Foi por causa da brincadeira com a maquiagem dela? Aff, preguiça desse draminha. Tô começando a duvidar se esse lance tem potencial. Mas... A cara de bravinha dela quase vale o auê. Ela franze o narizinho e fica parecendo um pokémon.

EU
Dei mole pra mulher do bar e ganhei uma
garrafa inteirinha pra gente!

Um dos meus maiores talentos é conseguir coisa de graça na base do flerte. Flerto até com uma lanterninha do cinema perto de casa que me deixa entrar em todos os filmes sem pagar. Júlias Dois e Três mandam a Chandon no gargalo mesmo, sem cerimônia. Um playboy bombadinho na área VIP acena para Júlia Dois e ela manda um beijinho em retorno. Essa noite promete. Júlia Três "canta" a música que toca no volume mais alto possível. As aspas foram colocadas porque a música é em inglês e ela claramente não sabe a letra (nem inglês). Seco o gargalo com a manga da minha blusa e ofereço a garrafa para Júlia Quatro. Ela nega, se afasta. É um espumante que qualquer criança bebe um gole no Ano-Novo, mas ela age como se eu estivesse oferecendo uma bandeja com MD, cocaína e cogumelos holandeses.

QUATRO
Não quero.

Essa cara de bravinha vai ser minha perdição.

EU
Champanhe é levinho, relaxa...

TRÊS
Deus-me-segura-tô-muito-louca!

Júlia Três arranca a garrafa da minha mão, bebe mais, usa a garrafa como microfone.

QUATRO
Desculpa, eu não preciso beber todo dia pra me sentir bem.

É inevitável rir desse pokémonzinho lindo. Júlia Dois até abandona o crush da área vip. Júlia Três também ri com a gente, mas tenho quase certeza que ela faz isso só pra se enturmar.

QUATRO
Para de rir de mim!

EU
É que você falando isso parece um daqueles comerciais ruins de carnaval, meio tiozão: "Você não precisa de álcool pra se divertir, fera!".

Júlia Quatro sai correndo enfezada. Na verdade, ela sai trotando, porque ela corre devagar. Pernas curtas. Eu gosto de pernas curtas. E gosto também do bracinho gordinho dela, dá vontade de morder. Tenho usado diminutivos pensando nela, isso nunca é bom sinal. As outras já retomam o álcool, as danças (mal) coreografadas e o flerte com os coxinhas da área VIP. Fico excluída por motivos de "menor paciência com hétero topzera". Será que eu corro atrás da Quatro? Quando foi que eu virei alguém do tipo que "corre atrás"? Vale a pena? Eu quero mesmo isso ou é só o meu vício de conquistar qualquer garota que eu acho bonita? Eu não quero machucar ela no final de tudo. Porque isso vai ter um fim. Né? A gente não vai ficar em SP pra sempre. Ou vai?

EU

Ei, desculpa ter te zoado?

Fui atrás sim. Não me julguem. Meus filmes favoritos são sobre casais complicados, relacionamentos tóxicos e finais tristes. E sempre tentei levar minha vida como se fosse personagem de um desses filmes. Um personagem complexo e difícil é muito mais impressionante que um simples, inocente, apaixonado, buscando a felicidade. Mas talvez tenha chegado enfim a hora de eu me permitir tentar ser feliz. Tentar ser simples. E se a gente arruma um apartamentinho fofo aqui? Ali na Bela Cintra? Perto do Baixo Augusta. E se dá certo e a gente começa a acordar juntinha todo dia? Eu não imagino a felicidade amorosa como um "felizes para sempre". Eu imagino mais como um acordar do ladinho, cada uma pegar seu celular, olhando os primeiros posts do dia, uma manda no WhatsApp uma mensagem de "bom dia" de piada, ironizando que estamos próximas e distantes. Estou cansada de sofrer. Estou cansada de términos em que cada uma fica disputando quem magoa mais a outra. Júlia Quatro em alguns dias de proximidade, numa mão dada, num apoio, numa piada, numa cara de bravinha, me fez sentir tão leve. Eu não sei se a leveza é um novo vício se apresentando. Ou se é só o melhor modo de se viver. Mas é tudo que eu preciso agora.

QUATRO
Tudo bem... Como você diz: "Relaxa".

EU
Quer dançar?

QUATRO
Tô bem aqui.

EU
Tá tudo bem entre a gente?

QUATRO
Aham. Tudo ótimo.

EU
Você tá estranha.

QUATRO
Estranha? Nada, tô normalzona. É que eu acho que você não gosta de gente normal, né? É muito chato pra você. Pra você curtir, a pessoa tem que ser loucona.

EU
"Loucona"?

QUATRO
Vai continuar rindo de mim?

Eu não estou rindo dela. Não de forma agressiva, achando ridículo algo que ela tenha falado. Não agora, pelo menos. "Loucona." Olha as palavras que essa menina usa. Estou rindo porque ela é maravilhosa, ela é hilária. Eu nem sou de rir. Inventei até uma risada automática fácil de montar quando preciso rir de algum amigo por educação. Mas pra ela é real. E é tão gostosinho rir. É tão gostosinho ser alguém que ri e usa diminutivo.

EU
Desculpa. Olha, eu gosto de você. Então, se você é normal, é sinal de que eu gosto de gente normal.

Ela amansa. Sai a cara de bravinha, entra um olhar sério. Estamos na área de fumantes e ela começa a tossir, perdendo um pouco do clima sério que ela buscava imprimir ao novo passo da conversa.

QUATRO
O.k., aquele dia a gente bebeu e foi divertido. Foi. Mesmo. Eu curti. Mas eu não entendo quem precisa estar sempre sob efeito de alguma coisa pra se divertir.

EU
É que eu... Sei lá. Minha vida é complicada.
Qualquer coisa que descomplique ela, ou
que me faça esquecer das complicações, é
bem-vinda.

O grupo de amigos que fumava por ali volta para a parte interna da boate. Está garoando. São Paulo, te amo. Eu e Quatro não nos movemos. A chuva deixa nosso clichê ainda mais clichê. E se eu estiver consciente de que um casal se apaixonando na chuva é cafona, deixa de ser cafona, né?

QUATRO
Eu gosto de você também. Mas a gente é
muito diferente. Isso não vai dar certo.

EU
"Isso" o quê?

QUATRO
Não sei ainda. Mas é melhor você ir lá dançar.
Daqui a pouco eu já volto pro hotel.

EU
E se eu quiser ficar aqui sentada quieta
contigo até você ir? Eu posso?

Pode.

QUATRO

Sentamos. Encosto o cotovelo no dela pra testar como ela lida com meu contato. Ela não recua o cotovelo. Interessante. Cotovelos dizem tudo o que você precisa saber nesse momento. Mas... Como chegar nela? Eu não queria falar as mesmas coisas que digo pra todas. Queria pensar em algo único, especial, singelo. Algo como ela. Abaixo a cabeça pra pensar. Apoio o queixo nas mãos. Enquanto penso na melhor forma de conduzir a sedução, sinto algo mexendo no meu cabelo. É Júlia Quatro, quem diria, dando o primeiro passo. Como resumir o cafuné da Quatro? Bom... O cafuné de Júlia Quatro é arte. É um cafuné sofisticado. Não é só o clássico "botei a mão no cabelo e fiquei mexendo o dedo em intensidade e ritmos aleatórios". Não... Ela busca encaixar sutilmente os cinco dedos em pontos estratégicos do couro cabeludo. Pontos que se explorados com os dedos não ficarão embaraçados. E então ela começa um movimento circular com o dedo indicador. Pausa. O polegar assume, dobrado, em movimento de arco. E então o indicador volta com um *plot twist*: os outros três dedos entraram no time do movimento circular.

Um dos meus autores brasileiros favoritos, Domingos Oliveira, escreveu num livro uma frase que era mais ou menos assim: "a vida é cheia de pequenos momentos que não significam nada pra ninguém, mas que resumiram o universo pra quem os viveu".

Receber o cafuné de Júlia Quatro pela primeira vez é um desses momentos que resumiu o universo pra mim.

Eu a beijo. Não sei quanto tempo durou o cafuné. Nem em qual parte dele decidi partir para o beijo. Nem sei se foi uma decisão ou simples resultado de um estado de transe. Quando voltei pra vida real, Júlia Quatro já estava levantando assustada. Comigo? Com ela? Não sei. Mas rapidamente ela volta a trotar com suas pernas curtas pra longe de mim. Mas agora a questão que toma conta dos meus pensamentos não é mais sobre correr atrás dela ou não. É sobre torcer pra ela ficar.

Júlia Um

Eu só guardava na memória uma cena envolvendo meu pai. A última. Eu devia ter uns quatro anos e fui com a minha mãe na casa dele contar que a gente ia se mudar pra outra cidade. Eles já eram separados, mas ele ficava comigo fim de semana sim/ fim de semana não. Eu, claro, não fazia ideia do que os dois conversavam enquanto brincava com minha Barbie no quintal. No fim da discussão, entrei no banco de trás do carro da minha mãe e fiquei observando ele pelo vidro. No exato segundo que minha mãe colocou a chave na ignição, ele sentou no meio-fio com o olhar perdido. Abaixou a cabeça e começou a chorar sem parar enquanto o carro se distanciava. E agora, lá estava ele, chorando de novo. Mas a cabeça abaixada agora revelava uma carequinha carismática.

— Eu não quero que você pense coisa ruim da sua mãe. As pessoas têm os motivos delas pra fazer o que elas fazem. Eu não sou um santo.

Meu pai era bem diferente do que eu esperava. Ele é a cara do Chico Buarque. Só que sem o carisma e tudo que transforma o Chico Buarque em Chico Buarque. Ele sempre teve uma barriguinha que pulava para fora do cinto. Na minha imaginação, era aquela barriguinha charmosa boêmia de um sambista das antigas. Mas hoje percebo que era só uma barriguinha de chope, saliente como a de qualquer pai. A gente constrói mitos inteiros sobre pessoas que a gente não conhece direito. Sejam ídolos, amores platônicos ou pais ausentes. E a gente esquece que elas também são só pessoas.

— Você escreve, é? Puxou a veia artística de mim então?

Ele dedilha seu violão quase como um instinto, como eu mesma faço o tempo todo, dando trilha sonora pra vida. Até o jeitinho de segurar o braço do instrumento é igual, os dedos gordinhos, as unhas largas e curtas. O apartamento é minúsculo e mal cuidado, quase como o de um adolescente que acabou de sair de casa. A decoração se alterna entre instrumentos antigos, quadros de gosto duvidoso que ele me conta que foram presentes de amigos, fotos de duas crianças que ele me apresenta como irmãos de outro casamento fracassado.

— Pois é... Você acha que vale a pena correr atrás dos nossos sonhos?

— Eu corri atrás do meu. E hoje moro num quarto e sala alugado. Quem paga o aluguel é sua avó. Seus dois irmãozinhos eu mal consigo ajudar. Minha irmã paga o colégio deles pra me dar uma força.

— É isso que acontece com quem corre atrás dos sonhos então? Você acha que ninguém vai ler meu livro?

Ele sente o peso da minha pergunta. Pausa. Larga o violão. Sinto a pressão sobre ele. Sinto que é uma pessoa que quer muito falar a coisa certa. Sinto que ele sente muita coisa boa por mim. E só isso já me deixa feliz.

— Não. Nunca deixe a experiência de alguém mais velho te influenciar. Cada um tem a sua história. Só porque deu errado pra mim, vai dar errado pra você? Nunca deixe ninguém te tirar o direito de tentar ser o que você quer. Você vai ter um lindo futuro.

Ele ainda não sabia. Engraçado, ele não tinha computador em casa. Que tipo de pessoa não tem um computador em casa? Só um ator hippie mesmo.

— Vem ver o que eu tenho guardado aqui até hoje.

Sigo meu pai até o quarto. O armário é tão bagunçado que parece um buraco para outra dimensão. Ele tenta encontrar algo entre lençóis, roupas, cabos de vídeo e latas de tinta. Fico com medo dele se perder no processo e nos separarmos novamente. Mas ele retorna com vida. E uma caixa nas mãos. Abre a caixa. Tira de dentro dela alguns brinquedos da minha infância. Entre eles, minha Barbie. Os cabelos loiros, lembro, cortei com uma tesoura. Ficou horrível e lembro de fingir que foi de propósito, "quis fazer estilo repicado, tá na moda". A roupa toda pintada de preto (com canetinha). Tentei personalizar uma Barbie gótica, pelo visto. Me pergunto se Deus também fica entediado de vez em quando e resolve brincar de um jeito absurdo com os bonecos dele. E que é por isso que eu tenho uma sentença de morte tão precoce.

— Dorme aqui em casa hoje?

Sorrio e faço que sim com a cabeça. As meninas não vão sentir minha falta por uma noite, né? Penso em contar sobre minha doença para ele. Mas, ao mesmo tempo, isso eliminaria qualquer chance de ter o que de fato estava buscando em São Paulo. Alguns dias normais com meu pai.

Júlia Dois

— Ó, tu se controla, hein? Não deu nem tempo de tu ficar bêbada nesse nível.

Júlia Três já está dançando descalça.

— É que eu sempre fui precoce!

— Você sabe o que significa a palavra "precoce"?

— Vem, vamos dançar!

Um dos maiores orgulhos da minha vida é como eu danço funk bem, então não resisto ao convite para dançar Kevinho, Anitta e derivados. O funk tem uma coisa muito poética. Quando você tá balançando a bunda até o chão do lado de outra menina e rola uma química, vocês viram irmãs na hora. Ritmo nenhum une tanto duas mulheres na pista. Se eu me jogo, Júlia Três se joga. Se ela manda um quadradinho, eu acompanho. Chega até a ser emocionante um momento em que as duas resolvem jogar o cabelo para trás em sincronia sem combinação prévia.

— Tá de olho em qual deles? — Júlia Três me pergunta.

Descansamos e secamos o suor no bar, tomando uma nova rodada de drinks. Ela vai num Moscow Mule (apresentei mais cedo os encantos da espuminha de gengibre e ela viciou). Vou no Cosmopolitan, que tem gosto de bala de ursinho, lembrança forte da minha infância, quando a vida era bem mais fácil.

— Eu tô de olho é em mim! Eu quero aproveitar a noite de hoje pra provar que sou uma nova mulher! Independente! Moderna!

— Ai, eu quero ser moderna também!

— Você já é bem moderna.

— Tá. Posso ficar te olhando tentar ser moderna então?

— Tanto faz.

— O que uma mulher moderna faz?

Boa pergunta. Eu não sei responder direito. Mas tento. Anos seguindo blogueiras empoderadas (e tentando ser uma). Devo ter aprendido alguma coisa.

— Eu quero quebrar as tradições machistas! Por que uma menina tem que esperar o cara chegar nela? E se eu tiver interessada? Não posso ter atitude? Por que preciso de alguém pra pagar minha conta do restaurante? Por que eu não posso transar com o primeiro cara que eu conhecer?

Júlia Três pausa. Pensa. *Pensa?!* Ela está pensando? Sério? Olhar fixo no drink. Não sei se está passando mal, se morreu. Abre a boca. Começa a falar na mais alta velocidade possível, com dicção perfeita:

— Isso! Eu não acredito que existam qualidades, valores, modos de vida especificamente femininos! Seria admitir a existência de uma natureza feminina, quer dizer, aderir a um mito inventado pelos homens para prender as mulheres na sua condição de oprimidas. Não se trata para a mulher de se afirmar como mulher, mas de tornarem-se seres humanos na sua integridade!

Ela vira o Moscow Mule inteiro de uma vez após o que parece

ter sido a primeira vez que Júlia Três conseguiu desenvolver um raciocínio equivalente a quatro linhas digitadas. A espuma de gengibre deixa um bigodinho nela, contrastando com o franzir de olhos que ela sustenta, presumo eu, tentando reforçar que ela sabe que o que acabou de dizer foi, de fato, inteligente.

— De onde você tirou isso?

— De vez em quando eu tô assistindo TV e alguém fala uma frase que parece inteligente... eu decoro a frase e falo ela torcendo pra fazer sentido na hora.

Eu amo uma mulher.

— Eu não sei se é o álcool falando, mas eu tô começando a gostar de você.

— O homem é o lobo do homem.

Oi?

— Essa não fez sentido, né? Nem sempre dá certo.

— Agora eu só preciso saber como chegar em um cara. O que eu falo? *Koé gato, você vem sempre aqui?* Chega em alguém pra eu ver?

Júlia Três, sem pensar, sem falar nada, beija um rapaz aleatório (que, animado, corresponde e entra na brincadeira). Júlia para o beijo, sorri, volta a ignorar totalmente a existência dele (que segue seu caminho, confuso). Completa a exibição com dois joinhas levantados para minha apreciação.

— Pronto, sua vez.

— É só fazer isso? Precisa nem dar oi?

Ela olha ao redor. Troca olhares com um garoto de camisa florida no meio de outros garotos com camisas floridas. Se aproxima dele. Diz "oi". Beija ele. Volta pra mim.

— É, com oi também funciona.

Tá bem. Vambora. Já é. Odeio quando começo a usar gírias que não uso normalmente. É um péssimo sinal. Mas eu sou capaz! Daora! Tem um carinha me olhando desde que a gente chegou. Tem um bigodinho estiloso, cabelo encaracolado. Cerveja em uma das mãos, cigarro apagado na outra. Eu sou 100% contra cigarro mas parte de mim acha sexy homem fumante. Sabe, esse lance mata e o cara não se importa. Ele é muito selvagem, não tem medo da morte.

Conto até sete e vou até ele. A ideia original era contar até cinco, mas ainda sou uma mulher em transição para a modernidade. Começamos a trocar ideia. As ideias que ofereço para ele na troca, claro, são muito mais interessantes. Ele é um idiota. Uma anta. Em uma disputa de conhecimentos gerais contra Júlia Três, eu apostaria em minha nova parceira de funk. Ele fala tanta merda que meu cérebro fica com azia. Mas ele é tãããããão gato. Puta que pariu, sabe. Mãozona grande, deve ter uma baita pegada. Vale dar uns beijinhos? Será que eu sou capaz de dar uma de Júlia Três? Pegar e partir? Só por... tesão? Eu posso fazer isso? Posso, claro que posso. Olho para Júlia Três, ainda no balcão, em seu quinto Moscow Mule da noite. Minha musa soviética murmura um cântico de "vai, vai, vai, vai!". E... Eu vou. E vou feliz. O que o garoto tem de dificuldade de pensamento ele tem de facilidade de me surpreender com a língua. A língua dele dá um show de acrobacias bem ritmadas na minha boca, no meu pescoço, na minha orelha.

— Vou pegar um negócio pra beber e já volto.

Sentirei falta do que essa antinha linda fez com o sininho da minha orelha? Sentirei. Mas estou pronta para o próximo, esse já deu. Não me apego mais. A nova Júlia Dois não é mais guiada por seu inocente coração, mas sim por seu vívido sininho da orelha. Demoro um pouquinho para localizar Júlia Três novamente. Ela vem do banheiro, passando fio dental nos dentes.

— Amo banheiro que tem Listerine e fio dental de graça.

— Onde cê tava?

— Me animei enquanto cê tava lá, quis ser moderna também, fui jantar com o Boy-Que-Eu-Dei-Oi ali na parte do bar que é restaurante e... EU PAGUEI A CONTA!

Que figura. Morro de rir.

— E a gente pediu de tudo, pedimos polvo, lagosta, foie gras, coisa com muçarela de búfala. Eu falava "PODE PEDIR QUE EU TÔ PAGANDO" e ele pedia! Eu sou muito moderna, amiga. Mas você vai ter que pagar nosso táxi pro hotel, tá?

— Então, sabe o que é moderno também? Ser responsável com dinheiro.

— Desculpinha.

— Sem problemas. Só tenta economizar agora. Promete?

— Prometo!

Antes que ela possa terminar de beijar os dedinhos cruzados em sinal de promessa, um garçom surge a alguns passos de nós com uma garrafa de champanhe enrolada em velas que soltam faíscas douradas gritando "QUEM É A JÚLIA QUE PEDIU UMA CHAMPANHE ESPECIAL DA CASA?".

— Foi antes da promessa, juro.

Eu tô tão feliz que decido não condenar mais Júlia Três por nenhuma atitude dela naquela noite. Brindamos com a champanhe especial da casa. Mas especial mesmo foi o que Júlia Três falou após o primeiro gole.

— Amiga, te amo muito.

Eu super tenho preguiça dessas pessoas que acabam de se conhecer e já usam a palavra "amor". Mas tentar implicar com Júlia Três é perder tempo de vida à toa. É impossível não ser absolutamente seduzida por Jú Three após conviver com ela por um dia. Será que ela sabe desse superpoder que ela tem?

— Eu também, amiga.

— Posso mudar meu status no Facebook pra casada contigo?

— Facebook?

— Eu sei que é coisa de velho, mas é o melhor meio de atualizar meus tios e tias de tudo que tá rolando nessa nossa viagem.

— Oi? Como assim? Como você tá entrando no Facebook?

— Com meu iPad.

Júlia Três tira um iPad da bolsa com a naturalidade de quem tira um batom.

— A gente fez um pacto de jogar os smartphones fora!

— iPad não é smartphone, é um tablet. Ninguém falou de jogar tablet fora.

Viver com Júlia Três é uma montanha-russa de sentimentos. Em um minuto você quer dividir quarto com ela pra vida toda, no outro você quer estrangular essa besta até a morte.

— VOCÊ TAVA COM INTERNET ESSE TEMPO TODO?!

— Desculpinha?

— Me dá ele, tá confiscado.

Guardo o aparelho ainda mais apressada ao ver que as Júlias

Quatro e Cinco nos reencontraram. Algo deve ter acontecido, porque elas nem desconfiam da minha atitude. E eu fui zero discreta tentando disfarçar, nível novela bíblica de atuação.

— Eu vou voltar pro hotel — Júlia Quatro, fofamente aflita.

— Eu também — Júlia Cinco, aflitamente fofa.

— Tá tudo bem com vocês duas? — pergunto, preocupada.

As duas me respondem sincronizadas:

— Tudo ótimo.

— Querem que a gente acompanhe vocês?

— Amiga, a gente tem a pós.

Em qual momento essa garota arrumou uma festa-pós-festa?

— O menino que eu paguei uma lagosta chamou a gente.

— Por que ela pagou uma lagosta pra um cara? — Júlia Quatro, confusa, com toda a razão.

— Eu tô cansada da viagem — Júlia Cinco, sem a menor cara de cansaço.

— Vocês sabem voltar sozinhas pro hotel?

Quatro e Cinco fazem que sim com a cabeça e se despedem. Olho bem séria para Júlia Três e digo:

— O.k., se esse negócio de melhor amiga vai pra frente, eu preciso que você me prometa que vai ser sempre honesta comigo. E nunca vai mentir pra mim. Eu nunca mais quero me sentir enganada por alguém que eu amo.

Ela me responde, na lata:

— Esse lápis de olho preto que você passou não tá bom.

— Você não precisa falar tudo que vem na sua cabeça, é só não mentir.

— Eu acho que você só quer as verdades convenientes.
— Por favor, não fala mais nada, esquece tudo que eu falei.
— Tá.
— Vamos pra festa?
— Vamos. Mas se eu fosse você, passava no hotel antes pra botar uma roupinha melhor.

J4 [com ajuda de JÚLIA CINCO]

O caminho para o hotel foi mudo. As duas no banco traseiro do táxi (não nos tocamos que jogando os celulares no mar perderíamos também acesso ao mundo do Uber, iFood etc.). Cada uma em uma janela, observando um lado da cidade. Mesmas posições do carro na estrada. Ninguém entre a gente, mas uma distância enorme. Eu quero que ela quebre o silêncio. Ou queria eu mesma ter forças pra quebrar o silêncio. Ao mesmo tempo, a admiro por não quebrar o silêncio. Mostra que ela me respeita. Por que eu fugi? Sei lá. Pra quem nunca viveu, a vida assusta. O silêncio continua ao entrarmos no quarto. Ela põe uma roupa para dormir e deita. Faz força com as pernas pra desatar o edredom do colchão. Eu também prefiro assim. Espero que ela não roube a coberta no meio da noite. Apago a luz. Deito olhando para o lado oposto. Será que isso se tornará uma conchinha em algum momento da noite? Prometo não recuar. Nunca dormi de conchinha com um interesse amoroso. Espero que ela goste de conchinhas. Estaria disposta a revezar entre as funções de pérola e concha em horários predeterminados. Quero me mexer um pouco, mas não quero incomodá-la. Nem dar a impressão de que eu sou uma daquelas insones malas que ficam se mexendo a noite inteira sem deixar a companheira dormir.

> CINCO
> Também não conseguiu dormir ainda?

Até sem querer incomodar eu incomodo. É meu fardo.

> CINCO
> A gente vai falar sobre o que aconteceu?

> QUATRO
> Não aconteceu nada.

Nada? Sério, Júlia? Teu mundinho virando de cabeça pra baixo e tu tem a pachorra de dizer que não aconteceu nada?

> CINCO
> Eu... vou ver se a Júlia Um chegou. Ver se ela
> topa trocar de quarto comigo.

Vamo lá, sua covarde. Você só tem que falar "fica" e partir pra conchinha que tu merece.

> CINCO
> A não ser que você queira que eu fique. Pra
> pelo menos conversar sobre o que aconteceu.

Você consegue. Você consegue. Você consegue.

QUATRO
Eu não quero que você troque de quarto.
Eu não sei o que eu tô sentindo. E a gente
é diferente. Você vive muita coisa. Eu não.
Então isso é mais importante pra mim do que
pra você.

CINCO
Eu gosto de você. Pra mim, você não ia ser só
mais uma. Se é isso que você tá pensando.

QUATRO
Pra mim não existe esse negócio de pegação.
Eu faço planos. Se eu aceitar que tô sentindo
alguma coisa, vou começar a pensar em muita
coisa, porque eu não consigo me controlar.
Vou imaginar meu pai sendo contra, minha
mãe convencendo ele ao me ver super feliz
pela primeira vez. E você ia me levar num dos
seus churrascos de família, ia me apresentar
pro seu avô chato, e eu sou tão adorável e
certinha que ele ia me amar e repensar todo
o preconceito dele. E a gente ia até marcar
um bingo juntos. Adoro bingo, já te contei? E
nas nossas férias você ia querer sempre viajar

pra um lugar bizarro tipo Fiji, eu tentando te convencer a ir pra Miami, você aceitando pra me agradar e, claro, se arrependendo no meio do caminho pra um outlet lotado. Só que nosso amor ia falar mais alto e você ia voltar a sorrir quando descobrisse que metade do que eu comprei era presente pra você. E eu ia curtir seus posts falando mal do Bolsonaro no Facebook e ia até começar a votar no PSOL pra te agradar. E quando a hora chegasse, eu ia querer engravidar pedindo doação de sêmen de algum amigo gay seu. Mas você ia preferir adotar. E a gente ia ficar velhinha junto, claro, e nas nossas bodas de ouro íamos finalmente pro Fiji e eu ia adorar e você ia falar "eu avisei". E eu ia responder "pois é, você tá sempre certa". Então, nesse momento,
o que eu tenho pra te perguntar é: você tá certa disso?

Eu já vi vítimas de filmes de terror menos assustadas diante de seus assassinos que Júlia 5 assustada com minha loucura agora.

QUATRO
E nem adianta falar "ai, relaxa". Eu não sou do tipo que relaxa.

Ela se acalma. Eu me acalmo. Ela sorri pra mim. Eu faço minha cara de enfezadinha que já saquei que ela curte.

CINCO
Você é meio maluca. Mas eu acho muito bonitinho.

QUATRO
Você é bem maluca também.

CINCO
E você acha bonitinho?

QUATRO
Eu acho bem mais que isso.

Que engraçado beijar uma menina. O rosto dela é macio que nem o meu, liso, sem barba. Parece que tô beijando um pudim.

Júlia 3 [com ajuda de Júlia Dois]

O dono da casa que a gente veio é um ator muito doido, cara. Tivemos uma breve interação na festa, enquanto Jú Two flertava com um boy gatinho. Ele chegou pra mim e falou "sua existência é muito bonita". Depois beijou cinco pessoas, tirou a roupa e pulou na piscina.

A casa é enorme e tem quadros pintados com todos os seus grandes papéis. Já contei também onze gatos de diferentes cores. E uma cadeira erótica com estofamento de oncinha.

Será que ele pirou depois do vazamento das mensagens do uLeaked? Ou sempre foi assim, seu segredo foi revelado e ele enfim pode se assumir pro mundo, piradão como sempre foi?

Tô tentando imaginar cenários em que os vazamentos foram positivos pra me sentir um pouco menos mal de estar amando essa viagem e minhas novas amigas.

Encontro o gatinho que andava com Jú Two antes de seu sumiço. Ele aponta para uma porta.

Jú Two está trancada em um banheiro. Espero que ela não tenha o meu probleminha de infecção urinária. É chato mesmo depois do sexo.

Ela destranca a porta, me puxa pra dentro, tranca novamente. Seus olhos estão marejados, maquiagem escorrendo pela bochecha. Já arregaço as mangas pronta pra dar uma surra naquele garoto, dependendo do que ele fez com minha BFF.

EU – Tô te procurando pela festa inteira. O que aconteceu?!

JÚLIA 2 – Nada. Precisei tomar um ar.

EU – No banheiro???

JÚLIA 2 – Aquele garoto que eu tava conversando, você viu ele?

EU – Vi! Lindo! Parecia um terceiro gêmeo perdido da família Sprouse.

JÚLIA 2 – Pois é. Ele falou pra encontrar ele no quarto. Mas eu disse que tinha que vir no banheiro antes.

EU – E por que você ainda tá aqui?

JÚLIA 2 – Eu não tô depilada. E eu sei que é moderno não se depilar. E que é mais moderno ainda saber que o importante é poder ter a escolha entre depilar ou não. Mas de qualquer forma eu não me sinto bem do jeito que eu tô agora! E no meio de todo esse negócio de "minha vida virou de cabeça para baixo, vamos fugir!", eu nem parei pra resolver isso.

EU – Tu não se depilou antes de dar pro garoto lá do McItália?

JÚLIA 2 – MEUS PELOS CRESCEM RÁPIDO, NÃO ME JULGA! MEU PAI É MUITO PELUDO, PARECE AQUELE BICHO DO STAR WARS, A CULPA É DELE!

EU – Garota, se controla.

Que emoção, sinto que serei útil na vida de alguém. Reviro as gavetas, sei que vou encontrar o que a gente precisa pra resolver a questão da minha amiguinha felpuda.

JÚLIA 2 – O que você tá fazendo?

EU – O dono da casa deve ter uma Gilette em algum lugar!

JÚLIA 2 – Não... Não. Não!

EU – Aqui! Tem uma no chuveiro.

(Em ótimo estado, antes que vocês me julguem.)

JÚLIA 2 – Eu não vou usar a Gilette de outra pessoa!

EU – E vai perder a oportunidade de ser agarrada por aquele cara que é quase um Frankenstein montado com o que o homem hétero tem de melhor?

Jú Two reflete. Contempla a Gilette. Não tem quase nenhum pelinho grudado nas lâminas. Tá tranquilão.

> **NOTA DE J2:**
>
> Pouparemos vocês de alguns detalhes do que aconteceu em seguida. Gosto de pensar que essa é uma história de bons exemplos e, após ficar sóbria (foram nove Cosmopolitans), não sei se concordo muito com o que fizemos. O que importa é que, quinze minutos depois, eu não tinha mais desculpas. Nem pelos na perna.

JÚLIA 2 – E aí? Tô bem?

Minha amiga é muito gata, PQP. Até bêbada pós-surto ela é mais gata que muita gente que acabou de sair do banho. Sou fã.

EU – Tá gata. Tá poderosa. Se joga, amiga.

JÚLIA 2 – O.k., escuta... Você já deu pra muita gente, né?

EU – Ô...

JÚLIA 2 – Algum conselho?

EU – Não deixa ele gozar dentro. É o que faz os bebês.

JÚLIA 2 – Júlia, eu vou usar camisinha.

EU – É, isso é mais garantido.

JÚLIA 2 – Mais alguma coisa?

EU – Aproveita.

JÚLIA 2 – Como?

EU – Sei lá, toda vez que eu traía o Rodrigo, eu tentava aproveitar o sexo pra pensar "pelo menos foi gostoso". Fazia o cara matar todas as minhas vontades, tudo que eu via nos filmes e me dava curiosidade.

JÚLIA 2 – Como eu faço isso?

EU – O quê?

JÚLIA 2 – Aproveitar!

(O QUÊ??????????????????)

EU – Você nunca teve um orgasmo?!

JÚLIA 2 – Claro que tive!

EU – Então me conta como foi.

JÚLIA 2 – A gente não precisa falar disso. Deixa pra lá.

EU – JÚLIA ALBUQUERQUE DE BUENO SOARES, a gente super precisa falar disso.

JÚLIA 2 – Esse não é o meu nome.

EU – Eu sou contra toda essa pressão de "obrigação de ter orgasmo", mas pô, uma vezinha na vida pelo menos tu merece, gata.

JÚLIA 2 – É claro que eu já tive um orgasmo!

EU – Descreve então! O que você sentiu na hora? Como foi sua reação?

JÚLIA 2 – Sabe, aquela coisa, né...

EU – Que coisa? Imita pra mim.

Jú Two começa imitar um orgasmo estereotipado como se fosse atriz do pior filme pornô do mundo. Como pode, gente? Uma menina plena dessas, inteligente, cheia de si e... Eu concluiria meu raciocínio, mas ela voltou a surtar. Tá até suando. Eu nem sabia que ela suava.

JÚLIA 2 – Tá legal, eu nunca tive um orgasmo! Eu perdi minha virgindade anteontem e não senti nada na hora, só um incômodo e uma vontade de acabar logo. Mas e daí? O.k., eu não tenho experiência de vida suficiente pra apresentar um programa da GNT. Mas é a vida! Talvez essa não seja eu! Talvez eu não tenha nascido mesmo pra ser uma mulher moderna. Quem eu tô querendo enganar? Eu nasci pra cozinhar pro meu homem, ser traída com a secretária e ficar quietinha esperando ele voltar do trabalho!

Sinto que é o meu momento. Chegou a hora de fazer o discurso motivacional que nasci pra fazer. Quem diria?

EU – Olha pra essa mulher no espelho.

Aponto para o espelho. Jú Two me obedece como se eu fosse uma sábia fada madrinha do orgasmo feminino, pronta para escutar todos os meus conselhos.

EU – Olha como essa mulher no espelho é gata. Olha como ela é gostosa. Olha como ela é poderosa. Essa mulher... Ah, essa mulher pode fazer o que quiser! E ela é a única pessoa que você tem que impressionar na vida. Entendeu?

JÚLIA 2 – Você tá falando de mim ou de você? Nós duas estamos no reflexo do espelho.

EU – De você, óbvio! Não estraga meu momento motivacional! Ó, eu não conheço nenhum cara mais legal que essa moça do espelho. Ela merece o mundo inteiro nas mãos dela. E merece um orgasmo também. Então eu te pergunto, gata... O que você mais quer?

JÚLIA 2 – Eu quero conhecer Paris.

EU – O.k., vamos focar no que você mais quer dentro de um quarto com um homem.

JÚLIA 2 – Eu gosto quando mordem minha orelha.

EU – Já é um começo.

Enfim conseguimos sair do banheiro. Encontramos o escritório do dono da casa, arrumo umas folhas e elaboramos uma lista do que costuma excitar Jú Two. Ela disse que teria vergonha de falar em voz alta seus desejos e ir guiando o sujeito. Tive a ideia de fazermos a listinha. Assim já entregamos o papel de cara pra ele, que estuda e já parte pra função preparado. Gente, eu tô muito gênia hoje.

EU – Lambida na orelha, gosta?

JÚLIA 2 – Adoro. Só que no sininho. Quando vai pra parte de dentro da orelha fico com nojinho.

Aproveito a ocasião para desenhar um mapa para o clitóris. Alguns rapazes costumam precisar.

Converso primeiro com ele, explico a listinha. Ele morre de rir, acha que é piada. Mostro o mapa para demonstrar seriedade e profissionalismo. Jú Two entra no papo. Ele elogia meus desenhos. Os dois riem de mim. Eu geralmente não gosto quando riem de mim, mas abro uma exceção quando é pra criar um clima de sedução entre uma amiga e um boy. Digo que vou pegar uma bebida e quando olho para trás os dois já estão entrando em um dos quartos da casa e fechando a porta.

Sento em uma poltrona chique daquelas de revistas de decoração (uma das minhas formas de literatura preferidas).

O dono da casa, coitado, está apagado no chão. A caspa dele, espalhada por seus ombros e pelo tapete persa, me faz morrer de saudade de Rodrigo mais uma vez.

Um galã ex-*A Fazenda* que eu não lembro o nome chega em mim e eu não sinto vontade de ficar com ele. E olha que eu amo *reality shows*!

Pego um batom na bolsa e começo a desenhar partes íntimas no rosto do dono da casa. Ainda bem que eu tenho a minha arte.

As cinco Júlias

[Narração principal por Júlia Um.]
 Café da manhã de hotel. Que bênção. Ainda bem que decidi acordar cedo pra encontrar as meninas. Parti antes de meu pai despertar e duvido que ele seja do tipo que tem pão de queijo em casa. Não consigo afirmar nem que ele tenha um forno em bom estado. Tinha uma mosca na cozinha tão calma que parecia ter uma união estável com papai. Já não voava, mal tocava na comida, tinha caído na rotina. Voltando pro hotel, no saguão, uma nova recepcionista contou que já tinham contratado novos funcionários e que o café estava sendo servido naquele momento. Meu quarto estava vazio, nem sinal das Júlias Dois e Três. Mas as Quatro e Cinco desceram pra comer comigo.
 Croissant. Lá onde eu moro não tem esse negócio de croissant não. É pão francês e olhe lá. Talvez uma bisnaguinha quando minha mãe recebia um extra na autoescola. A massa folheada levemente doce esfarela na minha boca e o gosto é tão milagroso que eu quase tenho a esperança de que ele seja capaz de curar glioblastomas. E o pãozinho de queijo com gruyère? Eu nem sabia que existiam outros queijos além do prato, do cheddar, do minas e da muçarela.

De onde vem a vaca que produz esse gruyère? Do paraíso? É uma vaca iluminada, posso garantir.

Júlia Quatro come um waffle e perdemos um tempo discutindo a pronúncia correta [*uófol* versus *uêifol*]. Júlias Dois e Três chegam, sentam com a gente. Júlia Dois está com a maior ressaca do mundo, seu olho esquerdo não consegue ficar mais de três segundos aberto. É como se ele tivesse revertido a função de piscar. A nova piscada de Júlia Dois é quando o olho se abre rapidamente. Júlia Três tem mais glitter do que pele no rosto, mas está com mais energia [talvez a energia dela nunca se esgote].

NOTA DE J2:

Bebidas doces parecem fracas, mas não são. O gosto na hora é de bala de ursinho. O gosto no dia seguinte é semelhante ao de ter sido atacado por um urso de verdade.

CINCO
Onde vocês tavam?

EU
Eu passei a noite com meu pai.

DOIS
A gente… Deixa pra lá, longa história.

TRÊS
Ela fez sexo casual pela primeira vez!

Júlia Dois está tão exausta que não tem força o suficiente no globo ocular para revirar os olhos.

TRÊS

E o casalzinho? Fez o quê?

QUATRO

Casalzinho? Como assim? De onde você tirou isso?!

NOTA DE J4:
Fiquei assustada quando J3 nos chamou de casal? Fiquei. Mas não por medo do que elas pudessem achar. Nem por vergonha. Eu só... Sei lá. Tinha esquecido de perguntar pra Júlia 5 como se saía do armário. Existe um ritual específico? Alguma tradição? Piada interna? Eu podia contar pras outras? Eu preciso cortar minhas unhas bem curtinhas? Era casual? Ia se repetir? Nós éramos um casal? Fomos um casal? Não decidimos nada. Muitas dúvidas.

EU

E aí, o que a gente vai fazer hoje? Quer dizer, vocês querem fazer alguma coisa? Eu vou passar um tempo aqui em São Paulo com meu pai. E vocês? Vão ficar por aqui também? Ou vão voltar?

As quatro Júlias trocam olhares, como se questionando se o sentimento dentro de cada uma também construiu uma casa dentro das outras.

CINCO
Eu não quero voltar.

QUATRO
Nem eu.

DOIS E TRÊS (JUNTAS)
Também não.

TRÊS
Para! Não acredito que a gente tá virando do tipo que fala ao mesmo tempo. Meu sonho! Eu quero ficar aqui pra sempre.

O nosso pra sempre durou uma semana.

SEGUNDA-FEIRA

Nossa primeira atitude foi um novo pacto. Faríamos tatuagens pra nunca esquecer daqueles dias. Cada Júlia ia escolher a tatuagem de outra Júlia. Por sorteio.

CINCO
É, claro, ótima ideia sortear quem vai ter direito de eternizar algo na sua pele.

DOIS
Sério mesmo que logo você, a rebelde do grupo, tá com medinho de fazer tatuagem?

CINCO
Não é medinho. Eu só não quero tatuar um unicórnio! Eu tenho certeza que se a Três me sortear, vai escolher um unicórnio.

TRÊS
Na verdade, tava pensando em um pônei.

QUATRO
Olha, eu acho que se ela tiver com medo, pode ficar de fora.

CINCO

Eu não tô com medo! Eu só...

EU

A gente pode deixar pro fim de semana. Dá tempo da Cinco se acostumar com a ideia. Que tal?

Mais tarde, Júlias Quatro e Cinco foram ao correio enquanto nós três passeávamos no Beco do Batman. Júlia Três passou a desenhar alguns de nossos momentos para substituir as fotos que estamos deixando de tirar por termos jogado nossos celulares no mar. Os desenhos são péssimos, mas não deixam de registrar o que estamos vivendo.

Enquanto isso, continuo escrevendo meu livro improvisado. Espero que não esteja sendo uma leitura terrível e chata. Peço desculpas adiantadas, leitor hipotético. Se bem que só minha mãe deve estar lendo isso, né? Meu pai deve parar na página dez, ele tem um jeitinho de TDAH adulto. Então, mãe, aproveito e peço desculpas por ter fugido de casa. Eu te desculpo por esconder a doença de mim e ficamos quites?

No correio:

QUATRO

Dormiu bem? Eu sou um pouco sonâmbula, me mexo muito, desculpa...

CINCO

Reparei. Você me deu uns socos no meio da noite. Mas tranquilo...

QUATRO

Desculpa?

CINCO

Eu apanhei mais dormindo do seu lado do que com minha ex que curtia BDSM.

QUATRO

O que é BDSM? Uma banda de k-pop?

CINCO

O que é k-pop?

QUATRO

A gente é mesmo muito diferente.

CINCO

Pra quem você quer mandar carta?

QUATRO

Não sou eu que vou mandar. É que... Eu acho que eu tô em desvantagem aqui. Eu fiz uma coisa que você pediu e isso acabou mudando

a minha vida. Eu tô falando do meu desabafo
pro Márcio.

CINCO

Tá... E daí?

QUATRO

Você também tinha que fazer alguma coisa
por mim! Lembra do nosso pacto de uma
ajudar a outra?

CINCO

O que você quer que eu faça?

QUATRO

Eu acho que você tinha que falar com a sua
mãe. Sobre o que aconteceu. Como a gente tá
sem celular, pensei de você escrever uma carta.

CINCO

De jeito nenhum! Prefiro te levar num show
da Taylor Swift.

QUATRO

Pode ter sido um mal-entendido!

CINCO

Não, tava bem claro na mensagem o que ela escreveu e pensa de mim. "Um fardo."

QUATRO

Não! Não tava! Quem falou "fardo" foi seu tio. Sua mãe só escreveu um "pois é". Sabe quantas vezes eu falei "Pois é", "Podecrer", "Ééé...", "Isso aí" e "Aham" na minha vida sem prestar atenção no que a pessoa tinha falado, só pra acabar o assunto? Dia desses um taxista ficou falando horas sobre uma teoria dele de que os partidos de esquerda tinham sido contratados pela China pra destruir a economia do Brasil. E eu falava "Putz, faz sentido". Entendeu? Nem tudo que a gente fala é sério... Ainda mais na internet! Quantas vezes você já postou uma foto animadaça e tava deprimida embaixo do edredom comendo brigadeiro?! Escreve essa carta. Você nunca vai saber a verdade se não desabafar com ela. E se não der uma chance dela se explicar. O máximo que pode acontecer é ela falar "pô, te acho um saco mesmo, nem reparei que você tinha sumido". Mas aí eu vou estar aqui prontinha pra te consolar.

NOTA DE J4:

Entrando na agência dos Correios, me vi influenciando alguém pela primeira vez na vida. Eu sou uma influencer! Que *plot twist* na minha vida. Será que a gente vai continuar sendo um casal na volta pro Rio? Queria que nós duas virássemos o tipo de casal que tem uma conta conjunta no Instagram especializada em algum ramo para ganharmos mimos. Talvez uma duplinha que avalia restaurantes cariocas? Sou ótima de tirar foto de comida. Podemos escrever críticas e sair comendo de graça pelos lugares mais chiques. Não quero criar expectativas, mas espero que o @comidinhasdasjulias esteja disponível.

CINCO
Remetente sou eu ou a pessoa que vai receber?

QUATRO
Você nunca mandou uma carta na vida?

CINCO
Não! Você já?

QUATRO
Pro Papai Noel conta?

CINCO
Essa é uma daquelas coisas idiotas que todo mundo sabia, mas com o Google no bolso a gente não precisa mais saber. Só que a gente jogou o celular fora. Voltamos a ser ignorantes.

QUATRO

Você sabe qual é a política de selos? Tem que ter? Tem que trazer de casa? Tem algum tipo de selo que se você escolher, dá merda? Como eu sei de quantos selos eu preciso? Eu nunca entendi o conceito de selo.

CINCO

Você pode escrever a carta pra mim?

QUATRO

Eu? Escrever uma carta pra sua mãe? Começo como? "Oi, sogrinha, então…"

CINCO

Finge que sou eu. É que eu não sou boa com sentimentos.

QUATRO

Tem que ser você, desculpa. Tem que ser sincero, ou nem faz sentido.

NOTA DE J5:

Eu nunca tive problemas para falar o que pensava. Mas sempre tive grande dificuldade de falar o que sentia. Ali, diante do papel em branco, caneta Bic na mão, me vi insegura como nunca. Mas tudo bem. Porque tinha alguém do meu lado. Alguém que se preocupava comigo. Alguém que me entendia. Isso é tudo que uma pessoa precisa. Lembro da frase da minha mãe e abro um pequeno sorriso. Deu uma baita vontade de escrever coisas cafonas e clichês. Escrevi "Mãe, você é tudo pra mim" e não me julguei. Por mais que minhas músicas favoritas tivessem letras complicadas, cheias de metáforas e sentimentos sofisticados, finalmente entendo o valor das músicas pop. Talvez a cafonice seja mesmo o modo mais direto e sincero de transmitir amor. Aproveitando a deixa, cinco músicas para escutar lendo o capítulo:

1. Arcade Fire — "Wake Up"
2. Bon Iver — "For Emma"
3. Rostam — "In a River"
4. Fiona Apple — "Every Single Night"
5. St. Vincent — "Cruel"

TERÇA-FEIRA

Júlia Três acordou assustada. Narrou seu pesadelo enquanto nos afogávamos em uma nova rodada de croissants do café da manhã [e hoje serviram até donuts].

> TRÊS
> Eu sonhei que nós éramos dinossauras. E um meteoro caiu e nosso mundo acabou. Mas eu não quero que essa semana acabe nunca.

NOTA DE J2:

Eu não desci pro café por motivos de ressaca. Duas noites seguidas de balada já. Ontem peguei um garoto que fazia a melhor massagem do mundo. Precisava de um bis hoje, minhas costas tão me matando. Busco uma Neosaldina na bolsa e encontro o iPad infiltrado de Júlia Três. Uma olhadinha no que tá acontecendo por aí não vai matar ninguém. Né? Exploro o Moments do Twitter pra ler algumas histórias que ficaram populares pós-uLeaked.

Leio sobre um cara que ficou frustrado ao descobrir que o amante da esposa era um sujeito mais feio que ele. Encucado, se infiltrou na vida do amante da esposa pra entender o que ela viu nele. Acabou ficando amigo do sujeito, que era feio mas super engraçado. A esposa terminou com o amante, que ficou deprimido. O marido, que virou BFF do amante de sua esposa, ficou com pena e tentou ajudar o sujeito a reconquistá-la. Viraram um trisal.

Em outro Moments, leio sobre um grupo de amigos playboys marombados de academia que descobriu que um deles era secretamente gay. Os rapazes se uniram para ajudar o amigo a sair do armário e para arrumar um namorado para ele.

Histórias românticas em destaque: Augusto e Maria, que na adolescência se separaram por um mal-entendido, descobrem a verdade trinta anos depois. Mas agora cada um tem sua própria família. Adorei essa. Já Pedro e Tina, que nutriam um caso secreto, podem finalmente ficar juntos quando seus respectivos cônjuges os abandonam. Mas o novo relacionamento não emplaca porque a graça do affair estava no ato proibido.

Mas a maior surpresa do dia não encontrei no Twitter. Abri o Instagram, que estava logado na conta de Júlia Três. Seu usuário tinha sido mudado para @j3j3j3. Que figura. Algumas meninas comentaram na primeira foto, "kd vc miga", "pq mudou o user?", "tá tudo bem?". O ícone vermelho no canto direito superior com uma mensagem não lida me deu agonia. Eu tenho nervoso de notificações não lidas. Clico para me livrar da neurose e saber quem andou procurando minha amiga. Será que é o ex xingando ela? Melhor deletar as agressões verbais antes que ela veja. Não quero ver o coraçãozinho lindo de Júlia Três destruído por boy lixo como aconteceu com o meu.

A DM de Rodrigo, namorado de Júlia Três, porém, me pega desprevenida: "Moreco, não some de mim. Não olhei nada de você naquele site idiota e nem vou olhar. Eu te amo. Saudade do seu beijo. Volta. Por favor".

Rodrigo era um cara legal. Daqueles que eu já estava começando a desconfiar que não existiam. Mas... eu não quero que isso tudo acabe. Pelo menos não agora. Eu ainda não tô pronta. E ela mesma disse isso no início da semana! Decido não contar nada sobre a mensagem de Rodrigo. Pelo nosso bem. O bem de todas. Não só o meu. Ou pelo menos é o que escolho pensar.

QUARTA-FEIRA

Sou apresentada para meus dois irmãozinhos, Dudu (doze anos) e Joaquim (onze anos). Dois moleques bem espertos, bem diferentes. Um é nerdzinho, cara de quem vai ser virgem até os dezoito. O outro, mesmo mais novo, já é todo sagaz, me pediu pra apresentá-lo para as outras Júlias. Penso que talvez não tenha sido a melhor ideia me colocar na vida deles (para já ir embora de vez em poucos meses). Um sofrimento gratuito? É. Mas uma das vantagens de estar à beira da morte é ter o direito de ser egoísta. Eu sempre quis ter irmãos. Mesmo sem ter a maior experiência do mundo, finjo que tenho e encho os dois de conselhos. Papai teve que sair pra trabalhar, então acabo passando o dia inteiro com os dois. Sinto falta das Júlias, mas sei que elas vão entender.

> **NOTA DE J5:**
>
> Enquanto isso, no hotel, eu e Júlia Quatro nos assumimos para Dois e Três. Quarta também foi o dia em que fiquei com medo do que sentia. Acordei no meio da madrugada para ir ao banheiro e não dei a descarga pra não acordar Júlia Quatro. E, de manhãzinha, corri pra apertar a válvula antes que meu ato de preocupação fosse flagrado e confundido com falta de higiene. Foi apertando a descarga que caiu a ficha de que eu realmente gostava dela. A água foi embora pelo encanamento junto com todas as minhas barreiras.

CINCO

Eu e a Júlia somos um casal.

TRÊS

Jura??? Cara, eu shippo muito esse casal.
Já pararam pra pensar no nome do ship de
vocês? Tipo, vocês vão ser o casal Jú... Lia.
Casal "Júlia". Isso! #Júlia.

* * *

Meu pai não volta no horário combinado. Nem duas horas após o horário combinado. Fico preocupada, mas Dudu e Joaquim dizem estar acostumados. Os dois já estão dormindo quando ele chega, sujo, fedendo a álcool, tropeçando nos pés. Ele fica envergonhado e tenta disfarçar quando percebe que o esperei acordada. Naquele momento compreendo um pouco mais a escolha da minha mãe de me poupar de ter que me acostumar com um pai assim. Ele pede desculpas, chora. Diz que foi tomar um gole com os amigos pra comemorar nosso reencontro. E não soube parar. Tem o olhar doce e triste quando me diz isso. Bate uma vontade de abraçá-lo e dizer que vai ficar tudo bem. Que o amor acumulado que nunca gastei me faria perdoá-lo. O que é verdade. Mas "tudo bem" é forçar a barra. Eu vou morrer. O "tudo bem" é uma opção que já ficou pra trás há um bom tempo. Acho que tem certas situações com tanta merda sem solução envolvida que o melhor a se fazer é só ir lidando da melhor forma possível até todo mundo morrer.

Pai, você tá lendo isso? Se estiver, espero que minha morte te deixe traumatizado. No bom sentido. Encare o nosso reencontro e nossa despedida como um sinal divino (ou um choque de realidade, ainda não conversamos sobre religião). Seja um bom pai pros moleques. Faz uma baita diferença pra eles não virarem pais que nem você foi. Tipo, não estou falando isso motivada pelo rancor. Estou só tentando ser útil nesses meus últimos meses de vida. Eu sei que você pode ser uma boa pessoa. Então... seja.

QUINTA-FEIRA

Acordei passando mal, acho que vou ter que passar o dia no hotel. As outras Júlias resolvem ficar no hotel também para cuidar de mim e me fazer companhia. Improvisamos uma festa do pijama no quarto maior, com um estoque de croissants e donuts roubados do café da manhã. Foi o dia que caiu a ficha que vou, de fato, morrer. Do jeito negativo. Uma ficha que caiu tão forte que as piadas e a ironia não foram capazes de conter. Trancada no banheiro, finjo pras meninas que meu vômito é por ressaca de uma festa da noite passada. Eu tô com tanto medo. Quando a gente sabe que vai morrer o apelo pra acreditar que existe algo após a morte fica ainda mais tentador. Assim como o pavor da possibilidade de nada existir. Só uma escuridão eterna. Comida de minhoca. É tudo tão assustador. Tão triste. Escrevo coisas horríveis no caderno. E rasgo as páginas. Não é isso que quero deixar. Mas fica aqui o registro de que alguns dias são bem piores que os outros. A comida acaba. Resolvemos fazer um sorteio pra decidir quais Júlias vão descer para buscar mais comida.

A seguir, alguns diálogos daquela quinta, redigidos por Júlia Cinco após entrevistas com as outras Júlias.

J1 & J4

Júlias Um e Quatro caminham juntas por um dos corredores do hotel. As duas foram as sorteadas da vez para buscar mais comida no restaurante.

QUATRO
Ei, posso te pedir uma coisa?

UM
Claro, manda!

QUATRO
Será que amanhã a gente pode sair? Só eu e você? Eu queria fazer trança. Que nem as suas. Pra me sentir bonita. Ou o mais perto de bonita que eu conseguir chegar.

UM
Talvez.

QUATRO
O.k.

UM
Mas só se hoje você fizer outra coisa comigo.

QUATRO

Tá bem.

UM

Eu dei uma cansada dessa trança. Quero tirar
e voltar pro cabelo natural. Pra ficar bonito
que nem o seu.

QUATRO

Você não precisa falar isso pra me fazer sentir
melhor.

UM

Amiga, você é perfeita. Esse seu cabelão
gigante pro alto, volumoso e crespo também é
lindo, tipo uma coroa que só nós rainhas pretas
temos. E se você quiser fazer trança amanhã,
a gente vai. E se você quiser ficar do jeito que
tá, tudo bem também. Você pode fazer o que
quiser. Mas o que você quer? De verdade?

QUATRO

O que eu quero? A conversa ficou mais séria
do que eu esperava. Sei lá, tipo... Eu quero que
a Júlia me ache bonita. E eu sei que eu tenho
que me bastar, que eu não devo viver pela
opinião de outras pessoas, eu sei que meninas

negras lindas que eu sigo no Instagram me
falam que eu também sou linda. Que nem você
tá dizendo agora... Mas... Eu também sou
insegura. Mesmo com tudo isso eu sou insegura!
Eu não queria ser! Mas a vida fora do Instagram
continua acontecendo! As pessoas continuam
sendo escrotas. Infelizmente não depende só de
mim. É uma merda, mas... Sei lá.

Ela faz uma pausa para respirar.

QUATRO

Tipo, uma menina do meu colégio tem o
cabelo igual o meu, mas ela é branca. Aí todo
mundo acha ela linda. O apelido dela na
turma é "Leãozinho". Mas comigo, não. Dia
desses eu tava de cabelo solto e o menino que
senta atrás de mim reclamou pra professora,
disse que não tava conseguindo ver o quadro,
me mandou prender o cabelo. É óbvio que
ele conseguia enxergar a merda do quadro
negro... Ele só queria ser babaca! Eu não sei
explicar. Mas sei que ele não falaria de um
jeito tão grosso se fosse com a "Leãozinho".

UM

Você gosta de mim?

QUATRO

Uhum.

UM

Então por que vai dar mais valor pras atitudes de pessoas escrotas do que pro que eu tô falando? Acredita em mim. O mundo tem muita gente racista. E gente mal-intencionada. E gente malvada. E eles até parecem a maioria nesse momento. Mas eu tenho certeza de que se a gente for forte, e apoiar uma à outra... A gente vira esse jogo. Porque a gente é muito foda. E se a gente se convencer de que a gente é foda, a gente convence junto as meninas mais novas que parecem com a gente de que elas são foda também! E talvez elas não cresçam inseguras. Ou pelo menos um pouco mais seguras. Sei lá. Isso é o que eu acho. E eu acho também que você é maravilhosa, independente de qualquer coisa. E eu quero cortar minha trança e deixar meu cabelo igual ao seu. Me ajuda?

Júlia Um e Júlia Quatro chegam no quarto, entregam os sacos de comida para as outras Júlias. Júlia Um pega uma tesoura e uns produtos de cabelo na mochila e se tranca com Júlia Quatro no banheiro do quarto.

J3 & J5

Júlia Cinco sai para a varanda do quarto para fumar. Encontra Júlia Três sentada em um canto, se debulhando em lágrimas. Não sabe o que fazer. Olha para dentro do quarto. Nenhuma das outras Júlias está por perto.

CINCO
Quer que eu chame outra Júlia pra conversar contigo? Eu quero saber por que você tá chorando e te ajudar mas acho que não sou muito boa nesse tipo de coisa.

Júlia Três não responde. Continua chorando.

CINCO
Júlia Um, Dois, Quatro? Qual você quer?
A Um me parece a melhor pra lidar com esse tipo de coisa.

Júlia Três tenta falar e não consegue. Júlia Cinco se sensibiliza. Aproxima-se de Júlia Três.

CINCO
O que aconteceu?

TRÊS

Minha calça rasgou.

CINCO

O.k. Alguma das outras deve saber costurar.

Júlia Três contempla o rasgo da calça, entre as pernas. Olhar parado. Olhos cada vez mais vermelhos.

CINCO

Tá. Quer desabafar comigo?

TRÊS

Eu quero desabafar, mas minha cabeça não funciona direito. Tenho medo de falar, falar e nada fazer sentido.

CINCO

Prometo me esforçar pra entender.

Júlia Três respira fundo. Toma coragem para falar.

TRÊS

Minhas calças sempre rasgavam. No mesmo lugar. Mesmo quando eu comprava calça de um número maior que o meu. Porque eu sempre engordava mais. E eu ficava muito

triste quando isso acontecia. E me obrigava
a andar com a calça rasgada. Pra me castigar.
E entender que eu precisava emagrecer. E eu
emagreci. E elas pararam de rasgar. Mas essa
daqui rasgou. Porque eu tava feliz. Porque eu
voltei a comer batata. E porque eu encontrei
vocês. E eu queria só continuar feliz. Mas
essa calça rasgada não me deixa! E o espelho
não me deixa. E a minha maluquice não me
deixa. Porque mesmo magra eu ainda via umas
gordurinhas aqui e ali. E eu já tentei de tudo.
Até dar apelidos fofos pros meus pneuzinhos,
pra ver se eu começava a gostar deles. Mas o
Huguinho e o Cezinha continuam marcando
as minhas blusas justas. E eu uso as blusas mais
largas pra esquecer deles. Mas a verdade é que
nenhum número veste bem em mim. De calça
ou de blusa. Eu sinto que eu não me encaixo e
nunca vou me encaixar. E… Sei lá. Desculpa.
Me perdi. Eu avisei que não ia fazer sentido.

Júlia Cinco respira fundo. Reflete sobre o que falar. Senta no chão,
ao lado de Júlia Três.

CINCO

Eu não sei o que dizer. Posso só sentar do seu
lado, falar que vai ficar tudo bem, que você é

linda de qualquer jeito e te abraçar até você
parar de chorar?

Júlia Cinco passa o braço por trás da cabeça de Júlia Três. Consola a amiga.

          TRÊS
Vai mesmo ficar tudo bem?

          CINCO
Então, essa parte eu não tenho certeza. Talvez seja mentira. Não posso colocar minha mão no fogo em nome das escolhas do destino. Mas a parte de que você é linda de qualquer jeito é 100% verdade.

          TRÊS
E a parte que você vai ficar abraçada comigo até eu melhorar? É verdade?

          CINCO
Aham.

Ficam em silêncio por um instante.

          TRÊS
O que você tá pensando?

CINCO

Que eu também penso um bando de coisa ruim de mim de vez em quando.

TRÊS

É?

CINCO

Uhum.

TRÊS

Mas você é perfeita.

CINCO

Pois é. Eu também acho isso de você. E talvez eu esteja errada sobre as coisas ruins que penso de mim. E você esteja errada das coisas ruins que pensa de você. E eu esteja certa das coisas boas que vejo em você.

TRÊS

E eu tô certa das coisas boas que vejo em você?

CINCO

Isso.

Júlia Três sorri e tenta enxugar suas lágrimas com a manga da blusa.

TRÊS
Eu já tô mais feliz só de ter conseguido acompanhar esse raciocínio complexo até o fim. Obrigada.

J2 & J4

No outro quarto, Júlia Um termina o processo de tirar as tranças no banheiro. Enquanto isso, Júlias Dois e Quatro conversam comendo hambúrgueres.

DOIS

Você acha que a Camilla vai te perdoar? Se um dia você voltar pro Rio e tal... Eu queria que a Marina me perdoasse. Fazer novas melhores amigas me deu saudade da minha antiga melhor amiga.

QUATRO

Te entendo. Eu não faço a menor ideia de como elas devem estar. Mas posso ir te mantendo informada do que acontecer comigo. Eu espero que a Camilla esteja bem. E que me perdoe. É uma bobagem a gente não perdoar quem a gente ama. Principalmente por causa de macho, né? Eles nem são tudo isso.

Júlia Dois ri. Júlia Quatro também. Trocam sorrisos cúmplices.

DOIS
Se você tivesse num barco, afundando...

QUATRO
Amo esse tipo de jogo, por favor continua.

DOIS
E só pudesse salvar uma pessoa. Ele ou Jú Cinco. Quem você salvaria?

QUATRO
Sinceramente?

DOIS
Claro.

QUATRO
Eu salvaria qualquer uma de vocês quatro antes dele.

J1 & J2

Júlias Quatro e Cinco tiram um cochilo vespertino em um dos quartos. Júlia Três também pegou no sono. Está deitada numa cama do quarto maior. Júlias Um e Dois, acordadas, conversam enquanto comem batatas fritas frias.

DOIS
Eu queria te pedir desculpas.

UM
Pelo quê?

DOIS
Eu amava suas tranças. Te achei legal de cara por causa delas. E escutei um pouco do seu papo com a Jú Quatro no banheiro. Enfim. Eu te acho legal de qualquer forma. E sei que você também não precisa da minha aprovação. Nem desse discurso como um todo. Desculpa. Por tudo.

UM
Relaxa.

DOIS

Eu queria saber perfeitamente como agir o tempo todo. E tento ler de tudo pra saber. Mas às vezes é tão difícil, né?

UM

É.

DOIS

Eu de vez em quando assisto uma série que eu achava que era feminista e depois assisto um vídeo dizendo que aquele feminismo não era feminismo. E eu não sei mais quem tá certo e quem tá errado.

UM

Dia desses eu vi um post no instagram da Netflix divulgando uma série que é tipo a coisa mais machista que eu já vi na vida. E ela postou imagens das personagens femininas dessa série, alegando que elas eram fortes, usando o feminismo pra vender essa série horrível. Que era toda escrita e dirigida por homens. Com mulheres nuas em todos os episódios. A tendência do capitalismo é se apropriar de todas essas causas importantes e esvaziar elas, transformando em produto pra gente consumir.

DOIS
E como eu descubro o que é certo e errado?

UM
Eu não sei o que é certo e o que é errado. Eu não tô falando pra gente parar de assistir Netflix. Eu não conseguiria. Eles ao mesmo tempo fazem *Tuca & Bertie*, sabe? Mas eu tento descobrir quais são as mulheres mais sagazes e estudiosas falando sobre cada tema. E me guio por elas pra criar meus próprios pensamentos e opiniões. O mais importante é isso. A gente não se deixar manipular. Seja pela Netflix ou por outras pessoas. E aprender a pensar pela gente mesmo. Do nosso jeitinho. Vou te passar o nome das minhas escritoras favoritas. Tava escrevendo sobre elas dia desses.

DOIS
O que você tanto escreve nesse seu caderno?

UM
Qualquer dia eu te conto.

J1 & J5

Júlia Um escreve sozinha no caderno, sentada no chão do corredor. Júlia Cinco sai do quarto bocejando, acabou de acordar do cochilo. Trocam sorrisos. Júlia Cinco senta ao lado de Júlia Um.

CINCO
Eu queria saber escrever também.

UM
Todo mundo sabe escrever. Eu imagino que você conheça o alfabeto inteiro e entenda como ligar verbos e substantivos, Júlia Cinco.

CINCO
É, mas eu tenho preguiça. Olha essas páginas cheias do seu caderno. Não sou capaz disso não.

UM
Você não precisa escrever livros. Pode escrever filmes. Já viu as páginas de um roteiro de cinema? São mais vazias. Mais diálogos. Poucas descrições.

CINCO
Eu sei. Já peguei uma menina que fazia cinema. Fui numas aulas dela até.

UM

Escrever funciona como uma terapia pra mim. Quer dizer, não é a mesma coisa que fazer terapia. Mas ajuda. Eu tento transformar tudo de ruim e de bom que acontece comigo em texto. Me ajuda a processar o que eu tô sentindo. Depois eu olho os sentimentos escritos e eles me assustam um pouco menos. E vendo eles fora de mim, relendo o que escrevi, é mais fácil de colocar ordem na casa, sabe? E você ainda transforma sua dor em algo concreto. Um texto. Que pode ser útil pra outra pessoa que tá lendo aquilo e se sentindo da mesma forma. E que vai se sentir menos sozinha. Por sua causa. É tipo um abraço, mas os braços são palavras.

Júlia Cinco reflete.
As palavras de Júlia Um mexem com ela.
Júlia Um vai dormir se sentindo um pouco melhor ao final do dia.
O peso que ela carrega parece mais leve quando ela ajuda as outras.

SEXTA-FEIRA

A recepção do hotel entrega uma carta para Júlia Cinco antes de mais um encontro com nossos croissants mágicos. Sua mãe respondeu. Ela não abre na hora. Respeitamos. Após um passeio pelo bairro da Liberdade, onde nos entupimos com doces japoneses, vamos pra Praça do Pôr do Sol. Júlia Cinco, emocionada, lê pra gente a carta da mãe enquanto o sol se põe, justificando o nome da praça:

Juba, você faz parte de uma geração especial. Talvez a mais importante da história. A geração que nasceu com a internet e cresceu com a expansão dela. E que ainda conseguiu ter contato com as gerações anteriores para entender como era o mundo antes de estar completamente conectado. Você conhece o mundo antigo e domina o novo. Sua geração tem o mundo nas mãos e eu tenho muita fé nela. Seu avô acredita que te criei sem limites. Mas o que são esses limites? Meu pai uma vez me deixou de castigo duas horas dentro de um buraco escuro que tinha numa obra que tavam fazendo na nossa rua. Fez aquilo para eu aprender a não sair de roupa curta à noite. Ele não deixava sua avó sair sozinha e ela, de vingança, exagerava no sal da comida. A geração dos meus pais é a geração do rancor. A minha é da confusão, dos reflexos de toda aquela maluquice. A sua é a geração da leveza. As pessoas acham que o mundo piorou pelo que elas leem nos comentários na internet. Não concordo. A gente tem essa impressão porque agora a gente escuta mais o que as pessoas ruins têm pra falar. Mas isso não significa que elas tenham aumentado. Pelo contrário! A maior exibição pessoal escancara os absurdos do mundo, e assim eles caem. O rancor vai, aos poucos, desaparecer. E a leveza de vocês é uma coisa linda. Espero que ela te ajude a me perdoar pela besteira que escrevi sem pensar. Tô doida pra te ter de volta aqui em casa. Pronta pra aprender a cada dia mais com a sua liberdade.

Júlia Cinco chora. Júlia Quatro também. Na verdade, todas ficam ao menos com os olhos marejados.

CINCO
Tô pronta pras tatuagens.

DOIS
Vamo botar um critério? Tipo, cada uma tem que escolher um emoji pra outra tatuar. É pequeno, discreto, e tem bastante variedade.

QUATRO
Isso! A gente tem que escolher o emoji que melhor representa a Júlia que foi sorteada. O.k.?

Como previamente combinado, cada Júlia sorteava o nome de outra e escolhia o que a sorteada em questão tatuaria na pele. Júlia Três escolheu o emoji do pintinho saindo do ovo pra Júlia Dois.

TRÊS
Eu acho muito fofo o pintinho com a cabecinha torta pro lado.

Júlia Dois se vingou escolhendo o emoji da bandeira da Arábia Saudita pra Júlia Três. Mas ela acabou tatuando a da Malásia por engano. Júlia Cinco escolheu o emoji do ouriço para Júlia Quatro.

CINCO
É o mais fofo. E ao mesmo tempo é forte e cheio de personalidade. Capaz de espetar até o maior dos bichos se ele quiser.

Eu escolhi o emoji do pudim para Júlia Cinco tatuar. Estava sem ideias e Júlia Quatro me pediu esse favor em segredo. Quem me tirou no sorteio foi a Quatro. E ela escolheu o fantasminha.

QUATRO
É o emoji mais famoso depois do clássico e do da berinjela, né? E você é nossa guia. A Júlia número um. Sei lá. Eu só ia falar que ele era o emoji mais fofo, mas a Jú Cinco usou esse argumento e desmoronou o meu.

Pois é. A garota que vai morrer tatuou um fantasminha. Eu não sei o que aconteceu, mas, quando chegou minha vez de tatuar, me bateu um medo enorme. A velhinha precoce neurótica dentro de mim voltou. Tipo, caralho, isso vai ficar na minha pele o resto da minha vida! Aí, claro, lembrei que o resto da minha vida ia ser tipo seis meses. Ou seja, foda-se! Eu posso fazer o que eu quiser. Eu tenho seis meses de vida! Aí eu parei pra pensar. Eu vou morrer. E... O.k. Se eu não tivesse essa doença eu nunca teria tido coragem de pegar a estrada pra reencontrar meu pai. Nunca teria conhecido essas quatro loucas. Nunca teria tido coragem de fazer uma tatuagem. Pior, eu nunca teria tido coragem. Ponto. Teria vivido uma vida normal. Na minha cidadezinha, na minha casinha, no meu computadorzinho. Uma vida longa, mas cheia de inhos e inhas! Aí uma sensação estranha me bateu. Uma sensação de completude. Vocês já se sentiram completas? Acho que foi a soma de tudo. A animação da Júlia Três, Júlia Dois seduzindo o tatuador, a Júlia Cinco com a cabecinha apoiada sobre o ombro de Júlia Quatro enquanto eu tatuava. Isso me fez lembrar daquela cena do carro, meu pai se afastando pelo vidro traseiro. E a continuação, quando eu olhei pra frente e minha mãe também estava chorando. A vida é louca, né? Sempre me surpreendo quando alguém expõe uma opinião na internet com a maior certeza do mundo. Nada é tão certo assim. Quer dizer, quase nada. Existe uma regra absoluta: o respeito ao próximo. De resto, somos só pessoas tentando ser felizes da forma que dá. Eu posso nunca ter escrito meu musical. Mas naquela semana eu me senti vivendo dentro de um.

SÁBADO

A semana passou tão rápido que a sensação foi a de montagem de passagem de tempo de filme. Sabe em *La La Land*, quando do primeiro beijo do casal pula pras cenas em que as crises que vão separar os dois já começam a acontecer? E entre elas vemos apenas uma sequência de cenas dos dois dançando/ tocando jazz e passeando por Los Angeles? Foi tipo isso. Mas em São Paulo. E no lugar do jazz, Júlia Três cantando pagodes diversos.

DOIS
O que a gente vai fazer hoje?

CINCO
Eu acho que a gente podia... ajudar.

QUATRO
Ajudar quem?

CINCO
Pessoas aleatórias. Que estejam precisando.

DOIS
Como assim?

CINCO
Olha pra gente! Nós estávamos completamente fodidas alguns dias atrás.

Até que a gente resolveu parar de olhar um pouco pro próprio umbigo e uma ajudar a outra. E agora tá tudo bem! Então... Por que a gente não tenta fazer isso pras outras pessoas também? Se bobear, a gente até cria uma empresa de "salvamento de vidas". A gente faz o bem e ficamos ricas ao mesmo tempo. As pessoas dão gorjetas e a gente vai sustentando essa viagem pra sempre.

A ideia não faz o menor sentido e mesmo assim todas topam de cara. Sentido é um negócio superestimado. E foi assim que a gente passou o final de semana inteiro. Ajudando pessoas aleatórias nas ruas.

> **NOTA DE J2:**
>
> Eu conheci uma senhorinha que casou virgem e descobriu no uLeaked que o falecido marido traiu ela a vida inteira. Ela só trepou com um cara na vida e ele era um canalha! Não me conformei e organizei um *reality show* no asilo dela, onde vários velhinhos disputaram provas pra conquistá-la. Ela ficou tão animada que escolheu três vencedores e namora os três.

DOMINGO

E enfim... o karaokê. Chegamos no Tekilla's, que é o máximo. Um lugar com as paredes espelhadas, luzes neon e um caos sonoro encantador. Ninguém comeu nada porque já tínhamos nos entupido com hambúrgueres do Z Deli. Peço desculpa aos veganos lendo esse capítulo, mas já comeram o hambúrguer de cordeiro do Z Deli? Ele me tirou um pouco do peso da morte, super tenho certeza que existe Deus e paraíso depois daquele hambúrguer.

Júlia Quatro me confessou que também ama musicais e começamos a noite com um dueto de "Defying Gravity". Enquanto as outras três não se animavam, continuamos na onda Idina Menzel e partimos com tudo pra "Let It Go". Júlia Três não resistiu e se uniu ao coro no palco neon jogando casaco no chão, encarnando a Elsa. Jogou até o gelo da sua caipirinha em cima da gente. O dono do lugar deu esporro e fizemos uma pausa na cantoria.

Uma galera mais idosa subiu no palco e começou a cantar alguns pagodes dos anos 90. Júlia Três conhecia todos, subiu no palco com eles berrando "QUE SE CHAMA AMOOOOR, TOMOU CONTA DO MEU SEEEER". Voltei a assumir os vocais pra cantar "If I Were a Boy", minha favorita da deusa Beyoncé, e depois mandei uma Mariah. Júlia Dois cantou "We Belong Together" comigo enquanto Júlias Quatro e Cinco namoravam em uma das mesas e Júlia Três tentava encontrar no menu do videokê um pagode que todas conheciam. Colocamos "Medo bobo" e Júlia Quatro subiu pra cantar com a gente. Júlia Cinco se recusou a cantar, disse que precisava ir ao banheiro pra fugir. E enquanto berrávamos as três "TANTO AMOR

GUARDADO TANTO TEMPOOO", acontecia o evento que levaria ao fim do grupo. Tudo que aconteceu depois do momento feminejo foi bem rápido. A gente perdeu a primeira Júlia antes que tivéssemos chance de cantar Rihanna (Júlia Quatro já tinha colocado "Bitch Better Have My Money" na fila).

[4/5]

Júlia 3

Será que eu tenho coragem de cantar uma música sozinha?

Encontro na listinha "Essa tal liberdade", que minha mãe cantava pra eu pegar no sono criancinha.

Saudade da minha mãe. Apesar da obsessão pelos padrões de beleza, ela era minha mãe. Era a que eu tinha. E deve estar preocupada.

A gente devia fazer umas ligações pro Rio pra dizer que tá tudo bem.

Será que aproveito que tá geral cantando e que Júlia 5 foi no banheiro pra arrumar um celular?

Tem um casal na mesa ao lado. Os dois estão no celular. Não parece um casal apaixonado.

Decido pedir um celular emprestado.

Estarei fazendo um bem pra vida amorosa dos dois.

Espero que se peguem muito enquanto uso o 4G deles.

EU – Com licença... Será que um de vocês me emprestaria o celular rapidinho? Não entro na internet tem uma semana, tô morrendo!

A moça sorri de forma simpática e me empresta o iPhone dela.

O rapaz larga o celular em solidariedade e beija a moça.

Meu plano deu certo, sou um ótimo cupido. Muita língua rolando, coisa bonita de se ver.

Me escondo embaixo da mesa pra explorar minhas redes sociais sem que as Júlias me vejam.

Primeira parada: Instagram.

Muita gente postando stories com pedidos de desculpas.

Muitas fotos postadas de choros, novos casais...

Nenhuma notificação de DMs.

A falta de um marcador vermelho ali em cima me deixa tristinha.

Ou aliviada?

Pelo menos não tem nenhuma mensagem da pessoa que eu mais amo me xingando, né?

Como será que o Rodrigo tá?

Entro no perfil dele.

E...

Rodrigo só postou uma foto desde que nos separamos.

Ele, cara de triste nível top, preto e branco (caprichou na melancolia).

Um balde de pipoca com tempero do chef.

Eu amo pipoca com tempero do chef.

E a legenda: #saudade.

Meu coração se parte e se reconstrói em questão de segundos.

De dó e de esperança.

Decido mandar uma DM pra ele.

EU TAMBÉM TÔ MORRENDO DE SAUDADE, CARALHO!

E...

Vejo que ele tinha me mandado uma mensagem linda.

A mais linda de todas.

Mais linda que qualquer música linda com letra linda.

Porque palavra nenhuma importa na verdade.

O que importa é o que você sentia quando escrevia cada palavra.

Mas...

Por que não tinha notificação?

Por que o Instagram já mostrava essa mensagem como lida?

Quem leu?

Eu não fui!

E ninguém tinha minha senha!

Só...

=(

Ligo os pontos.

Não vou mentir, aqui tudo tá mostrado em poucas linhas mas levei dez minutos pra entender.

Entro nas minhas outras redes. Todas cheias de mensagens apaixonadas de Rodrigo.

Até e-mails!

Me sinto muito adulta ao ver que recebi e-mails sem ser de Uber ou iFood.

Num impulso de raiva, levanto.

Bato a cabeça. Esqueci que estava embaixo da mesa.

Levanto de novo, com cuidado, evitando a mesa.

Bato a cabeça em uma cadeira.

Mas tudo bem.

Saio correndo.

Chorando.

De dor.

No coração.

E na cabeça.

Fui traída pela minha ex-nova-melhor-amiga.

Seguram o meu braço.

Viro já pronta pra esculachar Júlia 2.

Mas era só a mulher querendo o celular de volta.

Saio do karaokê.

Puxam meu braço novamente.

Agora são as Júlias.

EU – Como você pode fazer isso comigo?

JÚLIA 4 – Isso o quê?!

Júlias 1, 4 e 5 não entendem nada.

JÚLIA 2 – Você mesma disse que queria que essa semana não acabasse. Eu também não quero!

JÚLIA 1 – Que que tá acontecendo?

EU – Tá acontecendo que tem gente que pede pra gente ser sincera e não faz o mesmo!

Encaro Júlia 2. Ela sabe a merda que fez.

EU – Sim, isso foi uma indireta pra você!

JÚLIA 5 – Você sabe que quando revela a direção da indireta, ela deixa de ser uma indireta, né?

Discutimos no meio da rua iluminada por lanternas japonesas no topo dos postes.

É uma rua cheia de karaokês.

Enquanto berramos uma com a outra, um casal canta "Eu me apaixonei pela pessoa errada" dentro do bar. Ninguém sabe o quanto que estou sofrendo.

Taxistas e porteiros pouco se importam com a gente.

É só mais uma briga na semana que mais gerou brigas de todos os tempos.

JÚLIA 4 – O que ela fez?!

EU – Eu... Eu trouxe um iPad pra viagem.

JÚLIA 4 – Oi?! Podia?

EU – Eu achei que sim! Porque iPad é tablet, não é smartphone, ninguém explicou as regras direitinho, a culpa é de vocês! Mas a Júlia 2 confiscou ele.

JÚLIA 2 – Me desculpa....

JÚLIA 4 – Desculpa pelo quê?!

EU – O Rodrigo me mandou uma mensagem linda semana passada. Dizendo que me amava e que não leu nada sobre minhas traições no uLeaked. E ela visualizou a mensagem e não me falou! Mesmo sabendo que eu tô morrendo de saudade dele!

JÚLIA 2 – Desculpa! É que eu fiquei com medo de você querer voltar pra ele e abandonar a gente.

EU – Agora eu entendi o motivo de todo mundo te odiar! Você é uma pessoa horrível!

JÚLIA 5 – Gente, calma.

Ela sente o golpe.

Seus olhos ficam mais marejados que os meus.

Bem feito.

Abro a porta de um dos táxis.

JÚLIA 4 – O que cê tá fazendo?

EU – Eu vou embora. Não aguento ficar mais um segundo perto dessa garota.

JÚLIA 2 – Você não precisa ir embora. Deixa que eu vou!

EU – Não, melhor você ficar. Eu tenho pra quem voltar. Você não tem ninguém, esqueceu? E se continuar pensando só em você, vai ficar assim pra sempre.

Entro no carro e vou embora.

Do karaokê.

De São Paulo.

Das Júlias.

Júlia Dois

— Por que você acha que a gente sempre machuca as pessoas que mais se importam com a gente?
Não imaginei que em algum momento da viagem Júlia Cinco se tornaria meu ombro amigo. Mas é quem me resta. Júlias Quatro e Um sobem nos quartos para descobrir se Três voltou para cá. Continuamos nossa conversa no restaurante do hotel. Sem croissants. Tá tudo errado.
— Tem uma frase assim naquele filme com a Emma Watson, né?
— Eu amo esse filme.
— Eu também.
Amei tanto aquele filme que tentei ler o livro depois. Não consegui, mas tentei.
— No filme a frase é o contrário, é sobre a gente escolher pessoas que tratam a gente mal. A Três nunca me tratou mal. Pelo contrário.
Júlia Cinco respira fundo. Tadinha. O que falar nessas situações em que não existe nada que ela possa falar que seja capaz de resolver a bagunça que eu criei?
— Acho que, na verdade, a gente tá sempre machucando todo mundo o tempo todo. Só que a ferida dói mais em quem gosta da gente.

Faz sentido. Júlia Cinco não é de todo uma má pessoa. Espero que ela e Quatro consigam ser felizes. Ou que se der errado ela me procure para desabafar. Sinto que ela seria uma boa "amiga-para-eu-ficar-secretamente-a-fim-e-revelar-brevemente-em-uma-noite-de-álcool-para-depois-fingir-que-esqueci-e-nunca-mais-tocar-no-assunto". Sinceramente, não nasceu ninguém hétero depois dos anos 2000.

— Pior que ela tava no topo do meu ranking de pessoas que mais gosto no mundo.

— E como era o resto do ranking? O Top 5?

— Atual? Ela. Vocês três. E minha mãe. Agora, completar um Top 10 vai ser difícil. As pessoas são muito chatas.

Saudade da minha mãe. Eu não devia ter abandonado ela com aquele merda. Se pelo menos eu tivesse naquele dia a força que eu sinto que tenho agora...

— É, sei lá. Eu acho que existem pessoas chatas e legais. As chatas se multiplicam porque a gente tende a dar mais atenção pra elas. Pra brigar, discutir. Como todo mundo quer atenção, ser chato é uma boa tática.

— Será que se a gente desse mais atenção pras pessoas legais do que pras chatas iam existir mais pessoas legais do que chatas?

— Não sei. Você veio com a gente por causa dos caras que te sacanearam. Mas sua mãe ficou lá. E ela é legal, né? Você deu mais valor pro que os escrotos acharam. Então... talvez o certo tivesse sido ficar. Por ela. Ou, pelo menos, trazer sua mãe junto.

Júlias Um e Quatro retornam. Dizem que Três chegou antes no hotel e recolheu suas coisas. Júlia Um se despede, diz que prometeu dormir na casa do pai. Planejou ir ao Hopi Hari com os irmãozinhos na manhã seguinte. Todas sentimos falta de Júlia Três quando o parque é mencionado. Que pena que não deu pra gente realizar esse desejo dela. Que pena que eu estraguei tudo. Eu queria tanto ser uma pessoa melhor... Penso isso. É um sentimento honesto, juro. Eu realmente queria saber ser uma pessoa melhor. Será que ainda dá tempo de me consertar?

JÚLIA CINCO

Cinco músicas para escutar lendo o capítulo:

1. Death Cab For Cutie — "I Will Follow You Into The Dark"
2. Ted Lucas — "I'll Find a Way (To Carry it All)"
3. Cocoon — "Cathedral"
4. Kings of Convenience — "24/25"
5. Bon Iver — "I Can't Make You Love Me"

"Low point". Ano passado eu tava pegando uma menina que já tava na faculdade. Ela tava cursando cinema e me chamou pra assistir umas aulas como ouvinte. Matei aula uma semana na escola pra dar um rolê por lá. A maior parte do tempo fiquei entediada nas aulas, mas as pausas pra beber no bar da faculdade foram boas. Outra coisa maneira era um tipo de praça de alimentação de podrão que tinha na rua da faculdade dela. Altos lanches. Mas tô fugindo do assunto, desculpa. Foco... "Low point". Prestei atenção em uma aula dela de roteiro. O professor discursava sobre esse tal de "low point". O momento de um filme, lá pro final, em que parece que tudo vai dar errado. O herói perde uma batalha e para de acreditar em seu potencial. O casal briga e se separa por um mal-entendido. Quase todos os personagens do filme de terror morreram e só sobrou a mocinha. Quando eu era criança, tentava pensar minha vida como se fosse um filme. Depois, passei a tratar cada ano como uma temporada de série. Hoje tô cagando pra tudo. Vida é vida. Ficção é ficção. Mas, deitada na cama, esperando Júlia Quatro sair do banho, curiosamente aquela aula me volta à cabeça. Acho que Júlia Quatro me trouxe um pouco dessa "bobeirinha" de pensar na vida como se escrita por alguém. Um ser superior decidindo nossos destinos. E chegou a hora do "low point".

QUATRO
A Dois resolveu ir embora também?

Ela volta do banheiro com os cabelos ainda molhados, vestindo minha camisa dos Strokes e o sentido da vida.

EU
Aham. Disse que ia tentar convencer a mãe a
largar o marido idiota e morar só com ela.

Ela senta ao meu lado. Deita no meu colo. Começo um cafuné como se fosse reflexo.

EU
Eu tô pensando em voltar também.

QUATRO
Sério?

EU
Não dá pra ficar aqui pra sempre, né? Foi legal, mas a gente tem que voltar pra nossa vida normal uma hora.

QUATRO
E a Um?

EU
Ela não precisa da gente. Vai ficar com o pai. Mas a nossa vida é lá.

QUATRO
Hummm...

EU
Que foi? Você não quer voltar?

Ela franze a testa, uma variação curiosa da "cara de bravinha". A "cara de melancolicazinha".

QUATRO
Nosso dinheiro tá acabando. E minha mãe deve estar preocupada. Mas o Rio é vida real.

E na vida real você não anda com pessoas que nem eu.

EU

Deixa de ser boba. Nada vai mudar. Aqui, no Rio ou na China.

QUATRO

Vamos pra China, então?

* * *

"Portas de desembarque destravadas. Chegamos no Rio de Janeiro. Sabemos que a companhia aérea é uma escolha do cliente, obrigado por voar com a gente." Na verdade a escolha da companhia aérea foi do destino, era a única com um preço de passagem que ainda podíamos pagar. O maior mistério do universo pra mim é o critério que as companhias aéreas usam pra decidir o preço da passagem de avião. Por que um dia tá 100 e outro tá 1049? É o mesmo destino, o mesmo avião... Certos mistérios nem o uLeaked revelou.

QUATRO

Então, é isso... Estranho a gente se separar, né?
A gente ficou colada a semana inteira.

"Estranho" não é a palavra certa. "Triste" é mais adequada.

QUATRO
Minha mãe é aquela!

A mãe de Júlia Quatro é daquele tipo que deve ter chegado no estacionamento do aeroporto com uma hora de antecedência e ficou esperando ansiosa pela chegada da filha no portão de desembarque. A mala de Júlia Quatro chega antes da minha na esteira (compramos tanta besteira na viagem que precisamos despachar).

EU
Pode ir na frente.

QUATRO
Deixa de ser boba, eu te espero.

EU
Eu não causo boas primeiras impressões. Vai lá perguntar pra sua mãe se pode me dar carona primeiro. Eu espero.

QUATRO
Minha mãe é legal, ela vai te adorar. Relaxa!

Ela dizendo "relaxa" pra mim?

EU
Vai indo que eu já vou! Preciso me preparar emocionalmente pra conhecer a mãe de alguém.

Ela ri de mim. O jogo virou de vez. Que merda.

                EU

Vai indo que eu já vou.

                QUATRO

Tá. Tchau.

                EU

Também.

Ela volta. Em minha defesa, Júlia Quatro, por falar muito rápido, tem uma péssima dicção.

                QUATRO

Você também o quê?

                EU

Eu também te... O que você falou?

                QUATRO

Eu falei "tchau".

                EU

Ah!

Júlia Quatro fica muito empolgada. Eu fico empolgada pra encontrar uma ponte da qual eu possa pular para escapar do resto dessa conversa. Ela gargalha. Cada "ha" dela é um tiro no meu peito.

          QUATRO
Você entendeu "tchamo"? Por isso que você falou "também"! Tchau, Tchamo, Tchamo, Tchau. Super dá pra confundir!

          EU
Claro que não! Óbvio que não! Para de rir de mim!

Minha mala chega, me salvando da agonia de ter que aguentar essa situação por mais tempo. Crio coragem e atravessamos juntas o portão de desembarque. Minha sogra tem um sorriso doce. Já sei quem Júlia Quatro puxou.

          QUATRO
Tava morrendo de saudade.

As duas dão um forte abraço, daqueles de olhos fechados e conversa de voz manhosa. Eu fico olhando, esperando o momento acabar, as duas me ignorando. Não dá pra ficar mais constrangedor que isso.

          MÃE DE JÚLIA QUATRO (DONA SORAYA)
Eu também, meu amor. Não faz mais isso. Nunca mais faz isso comigo!

O abraço termina e nós duas reparamos em uma figura sorridente atrás da mãe de Júlia Quatro, com um buquê de flores nas mãos.

QUATRO
M-Márcio?

MÃE DE JÚLIA QUATRO (DONA SORAYA)
Ele passou lá em casa todos esses dias pra saber se você já tinha voltado. Trouxe ele junto de surpresa.

É, dava pra ficar mais constrangedor sim.

MÁRCIO
Hey, Jujuba!

QUATRO
O que cê tá fazendo aqui?!

MÁRCIO
Eu gosto muito da Camilla. Mas descobri que gosto ainda mais de você.

MÃE DE JÚLIA QUATRO (DONA SORAYA)
E essa sua amiga, quem é?

EU
A gente se conheceu no voo! Ela me deu a barrinha de cereal dela. Só isso. Prazer em conhecer! Tô indo! Beijo!

Saio correndo dali. Maturidade emocional pra lidar com esse tipo de situação nunca foi meu forte. Júlia Quatro hesita antes de me seguir. O que me desespera ainda mais. Estou quase chegando no ponto de táxi quando ela me alcança.

EU
Que porra é essa, o que ele tá fazendo aqui?

QUATRO
Ele disse que me escolheu. Dá pra acreditar nisso?

EU
Uau. Parabéns. Seja feliz.

Ela ri. Será que eu tô fazendo uma "cara de bravinha" sem querer? Não! Isso já passou dos limites. Você não pode se deixar magoar por alguém que você ama de novo, Júlia Cinco. Não! Júlia Cinco é o caralho. Eu sou Júlia. Júlia, a única. Júlia, a que vai pegar um táxi do aeroporto com preço superfaturado, vai voltar pra sua vida antiga e nunca mais lembrar que as outras Júlias existiram.

QUATRO

A Camilla deve estar me odiando. Ele disse que sempre me achou mais legal, que a gente sempre teve mais a ver que os dois. E que, no fundo, o namoro deles já andava meio ruim. E agora eu, que tinha a vida menos interessante do mundo, faço parte de um triângulo amoroso bissexual!
Hilário, né?

EU

É, hilário. Ha ha.

QUATRO

Tô brincando. É óbvio que eu tô pensando em escolher você.

EU

Quê?! Você tá *pensando* em me escolher?

Dou a melhor risada sarcástica do meu arsenal de deboche. Ela percebe a mancada. Mas é tarde demais. Tô pistola.

QUATRO

Desculpa, eu usei o termo errado, eu quero ficar contigo. Óbvio. O Márcio ter vindo aqui não significou nada. Só tô te contando o que

ele me falou agora porque queria ser sincera.
Foi falta de comunicação que separou a Três e
a Dois, né. Eu prefiro o que a gente tem!

EU
Peraí, a gente não tem nada. Para de construir
coisa na sua cabeça!

O.k. Chegou a hora de demonstrar pra vocês meu maior talento. Escolher cirurgicamente as palavras perfeitas para machucar uma pessoa que gosto por medo de que ela possa fazer o mesmo comigo. Peço desculpas por antecipação. Não me odeiem. Não sou eu falando o que vem a seguir. Quer dizer, sou eu. Mas é também a minha cabeça tortinha falando. Enfim. Desculpa. Mesmo.

QUATRO
Ei, não precisa entrar em pânico.

EU
Eu não tô entrando em pânico! Eu nunca
entro em pânico! Você acha que eu tô
entrando em pânico por causa de uma menina
que nem você? Jura?!

QUATRO
Não fala assim...

EU
Olha, desculpa. Vou ser sincera. Eu acho que a gente viveu um negócio divertido, mas foi só isso. Eu te avisei pra não criar expectativa. Pra mim, tudo é passageiro. Fico feliz por ter sido uma boa aventura pra você. Acho que você amadureceu comigo esses dias. Mas é só isso. A gente é muito diferente e vocês são super iguais. Melhor ficar com ele, eu ia terminar com você em menos de um mês.

QUATRO
Sério, não volta a ser a "Júlia Cinco rebelde".

EU
Eu sou "A" Júlia. Não existe mais um, dois, três, quatro ou cinco. E eu sou assim. Não tem o que mudar.

QUATRO
Tá, mas eu também posso ser assim, rebelde que nem você. Eu sou muito rebelde! Eu nunca abro a embalagem de um biscoito onde tá escrito "abra aqui"!

EU
A gente já viveu tudo que tinha pra viver. Aceita. Não torna essa despedida difícil.

QUATRO
Você me disse "te amo"!

EU
Eu só falei "também". E foi sem querer. Achei que você tinha dito e falei "também" por educação, fiquei constrangida.

QUATRO
Não escolhe por mim...

EU
Não tem o que escolher. Eu não sou uma opção. Entendeu? Eu não te amo.

QUATRO
Não?

EU
Não.

QUATRO
Nem um pouquinho?

Balanço a cabeça, dizendo não da forma mais contida possível. Tenho medo de desabar se me mexer mais do que o necessário. E não posso desabar. De novo não. Antes sabotar minha felicidade do que me permitir abalar. Eu acho. Não tenho certeza de nada nesse momento.

QUATRO
Tá...

EU
Tá?

QUATRO
Tá.

EU
Então é isso.

QUATRO
É. Uma pena. Tava começando a me apegar ao filho adotivo imaginário que eu tinha criado na minha cabeça.

Ela sorri um minissorriso-tristonho que me parte em pedaços.

EU
Mas não fica triste, hein. A vida é assim. Não queria uma vida interessante? Vidas interessantes são cheias de frustrações.

Ela se despede com um hang loose, o que dificulta tudo ainda mais pra mim. Não tem nada mais sedutor que uma pessoa que utiliza hang loose e joinha em situações dramáticas. Ela vai embora, eu entro no táxi. Eu me odeio tanto. Por que eu faço tanta questão de me sabotar? É sempre assim. Eu não me permito ser feliz. Eu…

"Low point". Naquela aula de roteiro, o professor também ensinou que no "low point" as coisas dão errado porque o personagem retomou o defeito que ele tinha no início do filme. Aqui estou eu. Afastando quem gosta de mim. Machucando os outros para evitar me machucar. Levantando barreiras para me isolar. Será que a gente é capaz de superar de fato nossos maiores defeitos e nunca retomá-los? Ou eles vão continuar sempre nos assombrando?

Eu preciso tanto de um abraço forte da minha mãe.

Júlia Um

Eu tenho um sério problema com lençol de elástico. Não sei se eu me mexo muito durante a noite, mas sempre acordo com a porra do lençol solto, meu suor no colchão. Esse foi meu primeiro pensamento ao acordar no colchão improvisado na sala da casa do meu pai após a noite do karaokê. O segundo pensamento foi mais pertinente para a história que estamos acompanhando. Foi "o que minha mãe tá fazendo na cozinha conversando com meu pai?".

— Que horas são?

A pior parte de ter se livrado do celular não é a falta do celular. É o fato de que sou de uma geração que parou de usar relógios e não faço nunca a menor ideia de que horas são sem meu celular.

— Hora de voltar pra casa.

Minha mãe sempre foi boa com frases de efeito. Ela também tem doutorado em fazer aquela cara de "não estou triste, estou decepcionada". Ela nem precisa abrir a boca. Dá pra ver no olhar. O cheiro de vodca na roupa do meu pai não colabora para o argumento de que valeu a pena conhecê-lo. Tipo... Valeu. Mas também não encontrei nenhuma resposta que estava buscando. Até porque não estava procurando nenhuma resposta. Só queria viver um pouco. A questão nunca foi, de fato, conhecer meu pai. Era sobre mim. Era uma necessidade de viver alguma coisa antes de não poder viver mais nada. Meu pai era o Norte dessa jornada. E eu não participei de nenhum grande amor ao longo dela, não entrei em nenhuma briga, não me droguei, não fiz nada clássico das "jornadas para viver intensamente". Mas conheci as Júlias. Então valeu a pena.

Os olhos do meu pai estão marejados e se transformam em cachoeiras ao me abraçar. Ela deve ter contado pra ele sobre a doença. Pronto, agora outra pessoa sabe. Não é mais um segredo. É oficial. Eu vou morrer. Não que não fosse oficial antes. Mas agora as pessoas ao redor vão começar a me olhar com pena, serão raros os momentos de descontração. Minha vida vai passar do padrão *Quatro amigas e um jeans viajante* para o padrão *A culpa é das estrelas*. Agradeço pela hospitalidade.

[Não menciono meu incômodo com o lençol de elástico. A proximidade da morte tem me feito tentar ser uma pessoa melhor pra ser enviada para o céu.]

[Ou pro Good Place, amo *The Good Place*, melhor série.]

[Quer dizer, também amo *Parks and Recreation*, que é do mesmo criador, não sei qual é a melhor.]

[Obrigada, Michael Schur, você é um grande sujeito.]

[Minha mãe me empresta o celular no caminho de volta, entro na internet e vejo que ele também criou *Brooklyn Nine-Nine*.]

[Esse cara vai ter a maior mansão do céu só pra ele.]

Tento puxar assunto sobre séries com minha mãe no caminho de volta para o Rio no JúliasMóvel, apelido criado por Júlia Três para nosso carro de autoescola furtado de mamãe. Ela, claro, não quer discutir sobre o Michael Schur, nem sobre fofocas hollywoodianas vazadas no uLeaked. Ficamos em silêncio boa parte das longas horas do trajeto São Paulo-Saquarema. Nosso diálogo mais longo da viagem:

— Como tá a vó?

— Morta de preocupação.

"Preocupação" tem muitas sílabas, foi um avanço. Antes disso, muitos "uhum", "hã-hã". Em defesa de mamãe, não tem mesmo muito o que a gente possa falar. Quais as opções? Faço diálogos imaginários na minha cabeça:

— Vou morrer, né?

— Pode crer, filha, que bad, né?

Ou...

— Tava me enganando esse tempo todo, né, mãe?

— Mas era pro seu bem.

— Eu sei, li seus argumentos no uLeaked conversando com o seu amigo médico. Só me tira uma dúvida, vocês já se pegaram alguma vez?

— Uma vez no recreio do colégio, quando a gente tinha sua idade. O açaí da cantina tinha acabado, ele me ofereceu metade do açaí dele e nos beijamos dividindo também fones de ouvido ao som de My Chemical Romance.

[Tenho que parar com a mania de criar fanfics sobre a vida amorosa da minha mãe.]

Papos hipotéticos sobre meu pai também não me soavam proveitosos:

— Meu pai nem era grande coisa.

— Pois é, alguns homens só servem pra doar o sêmen mesmo.

Coitado. E coitada de mim também. Minha mãe tá sempre certa. Ela fez o melhor me afastando dele. Imagina passar uma vida inteira procurando aprovação dele? Ou perdendo a esperança de ser artista ao ter por perto o exemplo de alguém que não alcançou os objetivos? É engraçado imaginar minha mãe e meu pai se conhecendo um dia e se apaixonando. Eles são completamente opostos. Ela, super racional e contida. Ele, carente e extrovertido. Como foi que resolveram transar?

[Merda, agora não consigo tirar da minha cabeça a imagem dos dois fazendo sexo.]

Pergunto pra mamãe se posso colocar uma música. Ela solta um barulho pela boca que pra ser compreendido precisaria dos maiores estudiosos de linguística da face da Terra, mas não tenho o contato de nenhum deles no WhatsApp e escolho presumir que tenha simbolizado um "tanto faz".

Entro no Spotify usando o celular dela. Que saudade que eu tava do Spotify. Navego pelas minhas playlists. O que eu quero escutar? Qual dessas músicas diz "mãe, eu te amo, vamos ficar de bem?". Preciso de uma playlist que mexa com o emocional dela.

"Emo Forever — All the standard emo anthems". Todas as canções que ela utilizou para me ninar. Um combo irresistível. O único diálogo possível para essa longa estrada.

Começo os trabalhos de DJ com um emo farofa pra descontrair. Nos primeiros versos de "Welcome to My Life" do Simple Plan minha mãe já se assusta. Sinto ela se segurando pra não rir. Também sinto ela murmurando a letra na cabeça. Meu plano está funcionando. Passo pra "Perfect" pela ironia da letra ser uma conversa entre filho e pai.

Ela solta aquela risada pelo nariz, sabe? Começo a bater o pezinho no chão do carro. Parto pro Good Charlotte. Ela começa a mexer sutilmente a cabeça no refrão de "Predictable". Abre um sorriso escutando "Hold On", deve ter lembrado de uma boa memória da adolescência. Espero que tenha sido uma lembrança de irresponsabilidade juvenil para ela se sensibilizar com minha fuga de casa. Estamos prontas para o emo berrado. "Letters to You" do Finch, "All That I've Got" do The Used, "Cross Out The Eyes" do Thursday. Berros emo para extravasar. Ela começa a batucar o ritmo no volante. Blink-182 conta como emo? E é da época dela ou é muito velho? Toco "I Miss You", ela embarca. Já que Blink funcionou, nada me impede de apelar pra Avril Lavigne. *Why do you have to go and make things so complicated?!* He he.

Chegou a hora de ir para as bandas favoritas. Momento Paramore. "Still Into You" faz a cabecinha dela mexer. "That's What You Get" é a primeira que ela não resiste e cantarola o refrão. Me junto a ela no primeiro "uouuooooooooououuu". Bem baixinho. Pra não acuar mamãe. Ainda não estamos prontas para cantar as duas juntas em plenos pulmões. Fall Out Boy. "Sugar We're Going Down" é a primeira que cantamos juntas em alto e bom som. Mas é em "A Decade Under The Influence" do Taking Back Sunday que a gente abre as janelas e começa a soltar a franga. Gritamos juntas *"I'VE GOT A BAD FEELING ABOUT THIS"*, mas eu acho que vai ficar tudo bem. Em "MakeDamnSure" já estamos chorando. Em "One-Eighty by Summer", chorando e dançando.

O ápice chega, claro, com My Chemical Romance. Quando toca "Helena" eu pego o guarda-chuva no porta-luvas e danço com ele. Enfim mamãe dá uma risada. Respiramos um pouco após os berros. Escolho The Ataris para descansarmos. Em "In This Diary" ela consegue reunir forças para falar. Eu diminuo um pouco o volume.

— Esse show foi muito bom. The Ataris. Juntamos uns amigos emos lá de Saquarema, eu roubei o carro da sua avó, e a gente foi pro Rio. Eu fui meio irresponsável, você era pequena. Mas deixei um bilhete fofo pra sua avó, pedindo pra cuidar de você e explicando como aquilo era importante pra mim. Com o tempo ela acabou me desculpando.

Aparentemente somos uma família especialista em roubos de carro. Já podemos produzir um *Velozes e Furiosos: Saquarema Drift*.

— A melhor coisa dessas músicas é lembrar das pessoas que escutavam elas comigo. Era um grupinho da turma mais excluída do colégio. A gente começou a ouvir essas músicas de gente que se vestia de preto, começamos a nos vestir de preto, começamos a nos notar, andar juntos, cantar juntos. Encontrei meus melhores amigos da juventude por causa dessas músicas. Na vida, a coisa que mais importa são as conexões que a gente faz com as outras pessoas.

Fico emotiva lembrando das Júlias. Ela continua...

— Na verdade, isso é a única coisa que importa. E anos depois essas músicas me conectaram contigo. E essa foi a conexão mais preciosa que eu já tive.

Fico mais emotiva ainda. Dou um pause na playlist e me permito chorar tudo que eu precisava chorar desde que entrei no uLeaked da minha mãe. Ela pega minha mão, a beija. Continua segurando enquanto dirige com a mão esquerda no volante. Aumento a música novamente. Seguimos estrada com "Vindicated" do Dashboard Confessional.

Júlia Dois

Cheguei em casa com meu melhor discurso na ponta da língua. Tive bastante tempo pra ensaiar no ônibus de volta pro Rio.

— Mãe, você precisa se separar daquele merda. Eu imagino que o sexo seja ótimo, muitos babacas fazem sexo bem, e eu falo com toda sinceridade do mundo que espero que você tenha uma vida sexual e romântica ativa e saudável. Mas dá pra arranjar outro! Eu te ajudo! Gata, vamos juntas pra balada! O céu é o limite! Vamos fazer um Tinder pra tu. Te ajudo a escolher as fotos. Não, não... Melhor! Eu chamo algum fotógrafo desses que ficam dando em cima de mim no Instagram e faço permuta. E edito suas fotos! Com um aplicativo pago! Eu tenho que te apresentar o vsco! Sério, mãe, você é foda. Tem pouquíssimas rugas pra idade e cada uma delas casa perfeitamente com o formato do seu rosto. Os quarenta são os novos vinte! Vamos arranjar um outro cara! Ou vários outros caras! Já ouviu falar em amor livre? Relacionamento aberto? Mãe, hoje em dia as pessoas podem ser felizes, sabe? Elas não precisam mais se contentar com o primeiro cara que aparece. E o melhor de tudo... Sem ele nossa relação vai permanecer intacta! Já ouviu falar de sororidade? Nós mulheres temos que ser manas umas das outras! Eu quero muito que você seja minha mana-mãe. Eu te amo tanto! Eu não quero nunca mais fugir! Por favor! Vamos se unir! Eu te amo!

Ela, educadamente, espera o término do meu discurso. Em seguida, sorri e diz:

— Ele saiu dessa casa assim que eu percebi que ele podia nos separar.

Depois disso eu chorei mais do que no dia que vi *Toy Story 3*. Acho que nunca tinha dito pra minha mãe que amava ela. Não depois de "crescer". E não desse jeito. Eu falei até duas vezes! Quando ensaiei o discurso, tinha um "eu te amo" só. O último foi improviso.

* * *

O.k., de volta ao mundo real. As novidades? Não perdi nenhuma aula. O colégio entrou em recesso pra que pudessem apurar denúncias contra alunos pós-uLeaked. Vitor, meu ex, que vazou minhas fotos, foi convidado a se retirar da escola. O Tiago continua por lá, mas virou um cara que todas as garotas evitam. Bem feito.

A Marina ainda tá estranha comigo, com toda a razão. Talvez nossa amizade nunca volte a ser a mesma. Talvez nem volte a ser uma amizade. Talvez nem deixe o status de ódio-nível-vou-te-dar-um-soco-na-cara-sua-escrota. É uma pena. Amizade é uma coisa tão importante. Devia ter dado mais valor pra nossa parceria do que pras baboseiras daquele merdinha. Se a gente nunca voltar a se falar vai ser bem triste. Lembro do filme que mais assistimos juntas na infância, *Justin Bieber: Never Say Never*. Espero que ele esteja certo.

* * *

Segunda semana de aula pós-uLeaked. Como será que estão as outras Júlias? Não perguntamos o sobrenome uma da outra. Já tentei achá-las no Instagram e nada. Até Júlia Três trocou de usuário de novo. O @j3j3j3 pertence agora a uma pessoa anônima cuja única foto é a de um armário com uma penteadeira acoplada e um espelho fantasmagórico.

As pessoas no colégio pararam de comentar sobre as fotos. Ainda me machuca o que aconteceu? Claro. Mas escolho ser maior que o meu trauma. Ou escolho tentar ser maior que o meu trauma. Não sei ainda o quanto vou conseguir. Mas darei meu melhor. Torçam por mim.

* * *

Já estou com um celular novo. Um iPhone 6 antigo da minha mãe. Ela me proibiu de comprar coisas novas de castigo pela minha fuga. Justo.

* * *

Raramente posto TBTS. Não dá muito like e diminui o engajamento na minha conta. O que funciona mesmo é foto atual de biquíni ou do meu rosto perfeitamente sutilmente assimétrico que prova que simetria é uma bobagem. Mas quando estava procurando o iPhone antigo no armário da minha mãe, também encontrei uma caixinha com fotos da minha infância. Só abri a caixa hoje, com calma, e me apaixonei por uma das fotografias.

Eu, Marina e o time de futebol feminino mirim da escola nas Olimpíadas do colégio. Eu apareço na foto com mais barro pelo corpo do que pele. Joelho sangrando. Um sorrisinho banguela feliz da vida pela nossa heroica medalha de bronze. Eu era a goleira. Marina, a zagueira que fez um pênalti no último minuto da disputa pelo terceiro lugar. Antes de me preparar para o pênalti, ela me disse que se eu agarrasse a bola, me daria dois presentes:

1 — A figurinha que faltava para completar meu álbum do Campeonato Brasileiro;

2 — Sua amizade eterna.

Agarrei o pênalti e a amizade de Marina até o fatídico dia no qual preferi valorizar um sujeitinho que não deve nem fazer ideia de que já tive um passado de joelhos machucados. Na verdade, nem eu lembrava. Eu nem lembrava mais quem eu era. Uma boa amiga. Que queria muito mais que a companheira de time ficasse livre da culpa pelo pênalti cometido do que um pedaço de bronze.

Me jogo na hashtag TBT e, como previa, é a foto com menor número de likes da minha conta. Mas Marina deixa o seu. E eu me emociono. E me encho de esperança. É o primeiro like que, de fato, me faz sentir querida. Acho que tudo vai ficar bem.

* * *

Saímos pra conversar. Apelo para piadas sobre lembranças do passado. Ela ri. Combinamos de retomar aos poucos a amizade.

Conto pra ela sobre as Júlias. Ela gargalha de todas as histórias de Júlia Três. Diz que está louca para ser amiga dela.

* * *

Consegui o perdão da minha mãe por ter fugido. O perdão de Marina pela minha traição. Só falta o perdão de mais uma mulher da minha listinha daquelas que faço questão de ter por perto o resto da vida.

Júlia 3

Foi tão lindo meu reencontro com o Rodrigo.

Eu saí correndo e pulei nos braços dele dando um beijão.

Rodrigo não tem preparo físico, então caiu para trás.

Bateu a cabeça e me pediu para chamar uma ambulância dizendo que estava tonto, achava que ia morrer.

Eu também estava tonta, achando que ia morrer se continuássemos separados.

Ele me mostrou a cabeça ferida e o chão cheio de sangue.

Liguei pro 911, ninguém atendeu. Não devem aceitar o plano dele.

Transeuntes, cativados pelo nosso amor, começaram a gritar.

Rodrigo desmaiou de tanto amor.

Um transeunte gritou "ALGUÉM LIGA PRO SAMU, ESSE JOVEM VAI MORRER".

Me senti numa grande história de amor de vida ou morte tipo *Romeu e Julieta* ou *A culpa é das estrelas*.

Quando caiu a ficha de que o sangue era sangue, lembrei que tenho agonia de sangue.

Vomitei um pouco no cabelo de Rodrigo.

Ainda bem que ele estava desacordado e não reparou.

***

Rodrigo sobreviveu. E nosso amor também.

***

Após um mês de recuperação, Rodrigo saiu do hospital.

A culpa ainda me batia.

Não pelo machucadinho na cabeça dele.

Pelas traições.

Rodrigo insistia em não querer saber.

Mas não seria justo.

Ele é o amor da minha vida.

Não podíamos seguir em frente com uma relação baseada em desonestidade.

Eu precisava ser sincera.

***

Contei com detalhes sobre cada traição.

Rodrigo me escutou com atenção.

O processou durou uma semana e meia.

Pensando bem, acho que não precisava ter contado alguns detalhes.

Podia ter pulado a história da camisinha que achei que tinha perdido e ficou dentro de mim por quatro dias.

Mas pelo menos ele ficou aliviado em saber que eu podia ser infiel, mas praticava sexo seguro.

* * *

Terminando os relatos, Rodrigo me perguntou o que eu queria fazer.

Não imaginava que essa decisão seria minha.

Assisto muita novela, pensei que tudo terminaria em choro e briga.

Disse que amava muito ele (verdade).

Disse que estava disposta a nunca mais fazer sexo com nenhum outro homem (mentira).

Ele me perguntou se eu estava falando a verdade. Pedi desculpas.

Disse que, no fundo, não fazia a menor ideia do que fazer.

E que essa sou eu.

Eu nunca sei o que fazer.

Eu só sinto as coisas.

E tento lidar com essas coisas sentidas da melhor forma possível.

E que não queria, de jeito nenhum, machucá-lo.

Ele perguntou o que eu achava de relacionamentos abertos.

Eu pedi um tempo para procurar o termo no Google (que saudade que eu tava dele).

* * *

Faço parte agora de um relacionamento aberto.

Nunca me senti tão descolada na vida.

E tão feliz.

Rodrigo é o único que me escuta dizer "eu te amo".

O único para quem tenho vontade de dizer "eu te amo".

E permanecemos inseparáveis.

Mas também podemos pegar outras pessoas.

Acabei descobrindo que nem sou ciumenta! Tô até ajudando ele a pegar uma galerinha maneira.

E ele ainda volta descobrindo coisas novas pra me apresentar.

De vez em quando até adotamos uma terceira pessoa oficial para os dois.

A vida nunca foi tão boa.

Quer dizer...

Quase nunca.

A semana com as Júlias foi tão boa quanto agora.

Sinto falta delas.

Merda. Dói um pouco quando eu lembro da nossa separação.

Ainda bem que o Rodrigo convenceu um amigo dele, que tem o abdome mais perfeito do Rio de Janeiro, a ir comigo no Outback hoje.

Meu plano é roubar um pouco do molho Billabong.

Passar no abdome dele.

Lamber.

Esquecer dos meus problemas.

J4

Vou começar abrindo o jogo. Eu peguei o Márcio. E foi lindo, foi maravilhoso, sempre quis pegar ele, peguei mesmo, só se vive uma vez. Pensei em Júlia 5 o tempo todo? Em 80% do tempo. Nos outros 20%, pensei em Camilla, minha BFF, cujo relacionamento eu tinha arruinado, ameaçando os Fs em questão. Foi bom. Não vou negar. Fazer a coisa errada dá muito tesão.

* * *

Encontrei Camilla, ela tava super de boa. Confirmou a versão de que o relacionamento dos dois estava mal das pernas. Ela queria terminar, faltava uma motivação. Disse que super shippava o novo casal #Júrcio. Sem dúvida, uma hashtag menos carismática que #Júlia.

* * *

Mas o reencontro mais marcante foi com o meu Spotify. Fiz uma promessa de tomar cinco banhos ao som de cinco músicas. E eu sempre cumpro minhas promessas.

* * *

Banho 1:
"All My Little Words" é a letra mais bonita que já escutei. Nela, o autor compara sua amada a uma borboleta. E diz que são justamente suas asas que a fazem tão bela. Logo, ele nunca seria capaz de prendê-la. Tudo traduzido soa mais cafona do que deveria. Mas, no banho, escutando essa letra pela primeira vez, eu juro que caiu mais água dos meus olhos que do chuveiro.

* * *

Banho 2:
"You Must Be Out of Your Mind" descreve um ex-amor tentando voltar pra ele, pedindo desculpas. Nisso, ele diz que a pessoa deve estar fora de si. Deseja ver essa pessoa sentindo a dor de uma cirurgia para retirar o apêndice (sem anestesia). Pesado.

* * *

Banho 3:
Em "I Don't Really Love You Anymore", Stephin Merritt enumera tudo que seria capaz de fazer por um amor antigamente. Por essa pessoa ele cortaria seu braço direito, se mudaria para o Equador, tornaria-se um fazendeiro. Mas, numa melodia super feliz, ele diz que não a ama mais, então nada disso mais importa. Ele ainda se lembra de cada vestido que ela usou. Só que não a ama mais tanto assim.

***

Banho 4:
"100,000 Fireflies" eu demorei pra gostar. A melodia repetitiva era meio chatinha no início. Mas agora não me sai da cabeça. É um xilofone aquele trem? Sei lá. Só sei que essa tem o verso mais triste de todos, algo mais ou menos assim: "Você não vai ser feliz comigo. Mas me dá mais uma chance. Você não vai ser feliz de qualquer jeito".
Será que é isso que Júlia 5 queria que eu falasse na nossa despedida no aeroporto? Como lidar com esse meu sentimento tão grande por uma pessoa que vê tanta beleza na tristeza? É possível ter um "final feliz" com uma pessoa triste?

***

Banho 5:
"I Don't Want to Get Over You" é o golpe final. O autor afirma ser capaz de superar uma pessoa que ele ama. A receita de superação é simples. É só tomar seu antidepressivo, desabafar na terapia, voltar a sair com os amigos, beber... Mas ele não quer.

Ele não quer superar seu amor.

Ele não quer superar o amor.

Ele prefere não superar.

Mesmo que isso o leve a ter uma carreira inteira escrevendo apenas músicas tristes.

Stephin... Depois de escutar essas músicas, eu também não quero superar.

* * *

Ontem fiz uma Maratona Júlia 5. Assisti a todos os filmes que ela disse que gostava e eu nunca tinha ouvido falar. Comecei devagar, digitando os títulos no Google. Parte de mim ainda desconfiava que ela tinha inventado tudo de piada. Mas realmente chamaram um filme de *Brilho eterno de uma mente sem lembranças*.

JÚLIA CINCO

Cinco músicas para escutar lendo o capítulo:

1. Noah and The Whale — "L.I.F.E.G.O.E.S.O.N."
2. Laura Marling — "Nothing, Not Nearly"
3. Slow Club — "Paraguay and Panama"
4. The 6th — "As You Turn to Go"
5. Antony and the Johnsons — "Hope There's Someone"

Torcia por uma recepção calorosa chegando em casa, mas o que aconteceu foi muito além do esperado. Abri a porta e fui "atacada" por Jack. Lembram dele? O cão gigante desenfreado do churrasco do meu avô? Ele pula em mim, lambendo cada centímetro do meu corpo, baba canina para todos os lados. Minha mãe, claro, morrendo de rir. Ela me abraça e passamos a dividir a baba de Jack.

MÃE
Gostou do presente? É o suficiente pra perdoar essa mãe que te ama?

Meu avô queria se livrar do Jack, minha mãe negociou a adoção. O abraço triplo, molhado e demorado, me faz bem. Ter alguém para eu cuidar (Jack) e alguém pra cuidar de mim (minha mãe) me dá forças e motivos para seguir em frente. Minha cabeça está menos pesada de pensamentos e sentimentos ruins.

* * *

Júlia Um conseguiu me achar no Instagram. Fico orgulhosa e curiosa com a habilidade dela de stalker. Tentei algumas vezes e só consegui achar o perfil de Júlia Dois. Júlia Um mandou uma DM pedindo meu endereço para mandar um presente. Respondi e perguntei notícias da vida dela. Ela visualiza a mensagem com meu endereço, mas não me responde.

* * *

Minha mãe me obrigou a entrar na terapia depois que contei pra ela tudo o que aconteceu comigo pós-uLeaked. Achei meio chato no começo, mas poder falar sobre você o tempo todo sem ter que se preocupar em ouvir o outro também tem certo apelo. Minha saúde mental e meu egocentrismo agradecem. Colocar meus traumas pra fora, tirar eles de dentro de mim, torna eles menos assustadores, menos fortes.

* * *

Ainda penso em Júlia Quatro. Claro. Eu lembro dela todo café da manhã, pensando nas migalhas que sempre se espalhavam pelo rosto dela ao comer croissant. Júlia Quatro nunca tinha controle sobre migalhas. Parecia que toda vez que eu olhava pro lado ela aproveitava pra esfregar um pão no rosto. Eu lembro dela quando tomo vinho com meus amigos. Em especial o dia que comentei que meu vinho favorito era Malbec e ela disse que não fazia ideia que vinhos tinham raças diferentes tipo cachorro. E dos dentinhos de esquilo dela manchados de roxo. Eu lembro dela toda vez que alguém me elogia. Eu chamava ela de linda e ela ficava super sem graça, me chamando de bobona. Eu lembro dela toda vez que deito pra dormir. Lembro dela passando um creminho de espinha com todo cuidado do mundo, que melecava o rosto dela inteiro (e por consequência o meu também). Lembro dela toda vez que fico descalça. Um dia ela chamou o dedão do pé de "polegar do pé" e morri de rir e ficamos horas discutindo se os nomes dos dedos da mão seriam socialmente aceitos para apelidar os dedos do pé. Lembro dela toda vez que vejo um hambúrguer. De meia em meia hora Júlia Quatro falava "deu vontade de comer um burgão agora". Eu lembro tanto dela o tempo todo que já não é lembrança. Não é lembrar se algo tá sempre contigo. A lembrança de Júlia Quatro é agora uma extensão do meu corpo. Como um braço, uma perna ou um polegar do pé.

* * *

Chegou um envelope pardo e grosso na porta de casa. Os Correios tiveram um papel muito importante nesse meu ano, não esperava. A remetente é Júlia Um. Ou eu. Ainda não lembro se remetente é quem manda ou quem recebe.

Júlia Um

Alguns meses passaram e tudo voltou ao normal. Essa é a moral da humanidade, né? As coisas acontecem. E passam. Crises, revoluções, tsunamis. O mundo vira de cabeça pra baixo. E desvira. Conseguiram tirar o uLeaked do ar. Os políticos que pularam do Congresso foram substituídos por outros políticos cujo histórico não foi manchado pelo site. Ou que, pelo menos, o povo não teve curiosidade de olhar. Ah! E eu morri. Não, não. Eu não tô morta ainda. Nesse momento eu tô numa cama no hospital, com um caderninho, terminando de escrever minhas memórias dos nossos dias juntas. Minha mãe e minha vó tão aqui do meu lado e meu pai foi buscar um pão de queijo pra elas. Engraçado, acho que se eu tivesse uma vida normal, sem essa virada dramática, nunca veria os três juntos, numa sala, sem brigar. Tudo tem um lado bom, anotem aí. Mas, se vocês estão lendo isso, significa que eu já morri. E minha mãe fez o que eu pedi, tirou quatro xerox do meu caderno e mandou pra vocês. Qual é o plural de xerox? Xeroxes? Ou xerox mesmo? Ainda estou sem celular, não faz sentido comprar um iPhone novo quando você vai morrer. Melhor gastar o dinheiro em chocolate. Enfim, desculpa por não ter contado a verdade pra vocês. A vida foi tão incrível aquela semana que, quando eu tava com vocês, eu esquecia que tava doente. Por favor, se encham de experiências do tipo que fazem esquecer as coisas ruins da vida. Espero que tudo que eu escrevi mexa com vocês de alguma forma, seja ela qual for. Obrigada por tudo. Amo vocês.

Beijos,
Júlia Um

[5/5]

Júlia Dois

Puta que pariu, vai tomar no meio do seu cu, sua filha da puta escrota do caralho! Não se morre assim! Foi uma despedida cool? Claro. Não esperava menos da nossa líder. Mas... Isso não se faz. Enfia essa morte no cu e renasce. Quero nem saber... Quero nem saber...

A mãe dela pediu pra gente dizer algumas palavras na cerimônia do enterro. Isso foi o máximo que consegui pensar. Em minha defesa, vir de carro pra sepultar uma amiga em Saquarema não é a viagem mais inspiradora. Eu tô com tanta raiva dela não ter falado nada pra gente... Eu tô com tanta raiva de não ter poder nenhum pra evitar a morte dela. Eu tô com tanta raiva de tudo... E ainda tá um puta calor, minha maquiagem tá derretendo.

O Léo, crush e melhor amigo da Júlia Um, é mesmo uma gracinha. No meu envelope, além das páginas xerocadas do diário/ livro, ela também deixou um bilhete pessoal, dizendo que me deixava de herança a tarefa de flertar com ele se eu quisesse. Léo me conta que foi ele quem virou noites navegando pelo Instagram, Twitter e Facebook até achar nossas contas para enviar o envelope e o convite para o enterro.

Sou a primeira a chegar. O que revela o quanto eu mudei. Sempre fui do tipo que era a última a chegar em festas. Não que isso seja uma festa. Enfim... Vocês entenderam. Depois chegam Três, Cinco e Quatro, nessa ordem. Não trocamos palavras no primeiro momento, apenas acenos tímidos. Júlia Três veio com o Rodrigo e eles são realmente bem fofos juntos. Sabe aquele tipo de casal que, além de andar de mão dada, os dedinhos dos dois aproveitam o contato pra fazer carinho? Eles conversam em um ponto isolado do cemitério e olham na minha direção algumas vezes. Ela tem um pequeno papel nas mãos, um post-it laranja provavelmente do mesmo bloco do bilhete sobre Léo que Júlia Um me mandou. Qual será que foi a mensagem secreta dela pra Júlia Três?

Júlia 3

Tento fazer um sinal pra Júlia 2, distante, pra falar com ela.

Por um ato falho, em vez do sinal de "vamos falar", faço um sinal de "pedir a conta pro garçom".

Estou nervosa.

Rodrigo intervém, faz o sinal certo.

A cerimônia está atrasada, estão esperando o pai de Júlia 1 chegar de carro com seus irmãozinhos.

Podemos conversar com calma.

Ao nosso lado, uma lápide cheia de buraquinhos. Será que os parentes tinham esperança da pessoa ressuscitar e gritar por socorro?

Não, claro que não. Isso não faz sentido. Os buraquinhos devem ser só pro corpo respirar.

JÚLIA 2 – Será que elas vão se acertar?

EU – Júlia 4 e 5? Não sei.

JÚLIA 2 – E a gente?

EU – Não sei também. Mas, se te consola, tem muita coisa que eu não sei.

JÚLIA 2 – Tô feliz de você querer conversar comigo pelo menos.

EU – Júlia 1 me deixou um bilhete com um bom argumento pra te dar uma segunda chance.

JÚLIA 2 – Qual argumento?

EU – Então... Meu nome de verdade é Catarina.

...

...

... É.

Catarina.

Desculpa, galera.

...

...

...

Júlia 2 toma alguns segundos para absorver minha revelação antes de conseguir falar qualquer coisa.

...

...

...

Os segundos já se transformaram em um minuto.

Acho que é melhor me explicar.

EU – Eu menti pra vocês não me excluírem do grupinho. E porque eu queria muito acreditar em destino. Tava todo mundo falando "Eu me chamo Júlia, e você?", "Ah, eu sou Júlia também, e tu?", "Menina, eu também!". Imagina que anticlimático eu mandar "Putz, eu sou Catarina".

Júlia 2 começa a rir.

Rir, não. Gargalhar.

No meio de um enterro.

Tento tapar a boca dela e isso só faz ela gargalhar ainda mais. Não me contenho e começo a rir também. Os parentes começam a olhar feio pra gente.

Mas Léo e a mãe de Júlia 1 os tranquilizam, provavelmente imaginando o motivo das risadas.

No meu bilhete, Júlia 1 diz que passou um dia inteiro rindo com os dois quando Léo descobriu meu "segredinho" encontrando meu Facebook.

Júlias 4 e 5 não entendem, mas sorriem olhando pra gente.

E depois trocam olhares entre elas.

Júlia 5 vai até a árvore onde Júlia 4 se abriga do sol.

Júlia 2 finalmente recupera a compostura.

JÚLIA 2 – Desculpa o que eu fiz? A gente faz muita merda, né? Machuca as pessoas que mais se importam com a gente. Eu nunca fiquei tão próxima de alguém quanto de você. E bateu um medão de perder isso.

EU – Júlia Albuquerque de Assis Bueno, "o homem é o lobo do homem". Todo mundo tem seus segredos. E seus motivos pra guardar eles. Então te entendo bem. Eu ainda tô um tiquinho chateada, mas passa. Eu sei que passa.

JÚLIA 2 – Amiga, eu te amo tanto...

EU – Eu também... Qual sua opinião sobre trisais?

JÚLIA CINCO

Cinco músicas para escutar lendo o capítulo:

1.
2.
3.
4.
5.

(Escreva com lápis ou caneta seu Top 5 pro meu último capítulo.)
(Depois compartilhe em qualquer rede social que as pessoas estejam usando na época que esse livro chegou às suas mãos.)
(Evite sertanejo universitário masculino.)
(Feminejo pode.)

Seu Jurandir Almeida faleceu nos anos 80, e sua família o enterrou com uma enorme escultura sobre sua lápide. A melhor sombra do cemitério. Isso que eu chamo de deixar legado.

EU
Posso falar contigo uma coisa?

QUATRO
Uhum.

EU
Você ainda tá com aquele garoto lá?

QUATRO
Aham.

EU
E tá legal?

QUATRO
Tá. Bastante.

EU
Que bom. Dá pra ver que você tá feliz. E você fica linda feliz.

Ela sorri para mim. Eu desvio o olhar pra não me desconcentrar do que tenho que falar.

QUATRO
Obrigada. Era só isso que você queria falar?

EU
A carta da Júlia Um mexeu comigo. Ela sabia que ia morrer e mesmo assim foi atrás de viver. Mesmo com medo e tal. Eu... Acho que medo é normal. O negócio é você não deixar ele te impedir de fazer umas loucuras de vez em quando.

QUATRO
Mas o medo nunca te impediu de fazer nada, né?

EU
Eu morro de medo. O tempo todo. Isso aqui é tudo pose. E o medo me impediu de fazer uma coisa importante. Te pedir pra ficar comigo. Porque se você escolhesse esse garoto aí, ia acabar comigo.

Ela seca os olhos, que eu ainda nem tinha notado que estavam molhados. Bom sinal? Péssimo sinal?

QUATRO
O pai dela chegou, vai começar...

Olho pra trás, estão todos se acomodando ao redor do caixão de Júlia Um. A cerimônia vai começar. A mãe de Júlia Um acena para mim e aponta para Léo, já com o violão em mãos. Tiro meu celular do bolso, me preparando pra minha performance.

> EU
> Eu espero que essa seja lá da garota que você gosta. Foi a primeira que eu achei no Google, mas sempre pode estar errado, tipo aqueles textos que todo mundo posta sendo da Clarice Lispector mas é de outra pessoa aleatória. Enfim... Não acredito que vou fazer isso.

> QUATRO
> Fazer o quê?

Léo começa a dedilhar o antigo violão de Júlia Um enquanto tomo o centro das atenções. Vejo as Júlias Dois e Três trocarem risadinhas, me zoando. Fico feliz. Júlia Quatro ainda não faz a menor ideia do que está prestes a acontecer.

> EU
> Eu sou a Júlia. Eu era amiga da... Júlia. Ela me deixou um bilhete antes de morrer, com um pedido. O videoclipe preferido dela era de uma música chamada "Helena", do My Chemical Romance. Esse clipe se passa num enterro, é tipo um número musical meio fúnebre. Ela me pediu pra cantar uma

música então, no enterro dela. Foi o último pedido dela. Eu não tenho como negar. Peço desculpas adiantadas porque devo ser a amiga mais desafinada da história. Mas ela pediu especificamente que fosse eu. Porque isso também é uma demonstração de amor. Daquelas ridículas de filmes. A música que eu vou cantar não é "Helena". Ela sugeriu que eu cantasse uma música da Taylor Swift. Essa parte eu explicaria, mas é bem longa. Eu só vou cantar logo antes que esse constrangimento todo aumente, eu me desespere e saia correndo.

E lá vou eu...

So it's gonna be forever
Or it's gonna go down in flames

A cada verso que canto de "Blank Space", vejo expressões de terror e desespero tomando conta dos rostos das senhoras de idade ali presente. Senhorinhas fofas que achavam que veriam uma emocionante cerimônia e agora se perguntam se estão sendo vítimas de uma daquelas pegadinhas de programa de televisão.

Cause we're young and we're reckless
We'll take this way too far

Canto a última parte de olhos fechados. Tenho medo de que meus falsetes ressuscitem alguns defuntos. Imagino corpos zumbis se levantando para me assassinar.

But I've got a blank space baby
And I'll write your name

Abro os olhos. Júlia Três tenta puxar aplausos. Não consegue. Estão todos confusos e apavorados. Júlia Quatro tem o rosto todo manchado por rímel escorrido dos olhos, combinando com o clima do clipe de "Helena" e com minhas expectativas.

Júlia Quatro faz sinal para encontrá-la novamente ao lado dos restos mortais do Seu Jurandir Almeida. A mãe de Júlia Um sorri para mim, autorizando que eu vá, e começa seu discurso.

J4

Ela se aproxima lentamente enquanto tiro do bolso o bilhete que Júlia 1 deixou no envelope para mim junto ao seu livro. "Ela escreveu esse capítulo extra pra gente. Disse pra eu ler apenas se você fizesse uma loucura durante o enterro. Ela disse que era natural eu ficar confusa, você faz muitas loucuras, mas que com certeza eu saberia identificar do que ela tava falando." Júlia 5 ri, eu abro o bilhete. Leio em voz alta pra nós duas o texto escrito por J1:

Júlia Quatro gostaria de correr para beijar Júlia Cinco imediatamente como em um emocionante final de filme. Mas antes precisava pensar. Sabe quando você faz uma prova, acerta a questão e a professora tira ponto porque você não mostrou o raciocínio? Júlia Quatro não queria perder nenhum ponto, então raciocinou: Júlia Cinco é uma bagunça; é do tipo que nunca vai lembrar de colocar o porta-copos embaixo do copo quando for beber alguma coisa e vai acabar manchando todos os móveis de madeira. E Júlia Quatro é do tipo que vota em branco em todas as eleições porque tem mais medo de que a próxima pessoa da fila ache que ela está demorando pra votar do que de um político corrupto ganhar por causa disso. Elas se preocupavam com coisas diferentes. Isso é claro. Mas Júlia Cinco estava ali, na sua frente, superando seus três maiores medos: falar sobre sentimentos, o risco de rejeição e cantar em lugares públicos. Isso fez Júlia Quatro pensar sobre os seus dois maiores medos. Um: o alarme tocar quando ela estiver saindo de uma loja com suas sacolas. Dois: imaginar uma vida de amores que nunca vão mexer tanto com ela quanto Júlia Cinco mexeu.

Guardo o bilhete. Vamos nos beijar, claro. E ficar juntas pra sempre, claro. Mas não sei qual das duas deve tomar a iniciativa. Faço um novo hang loose sem perceber. Ela ri. Não de mim. Me achando boba, estranha. Ela ri comigo, ri do meu jeitinho, como se ele fosse especial. "Eu conto até três e a gente se beija?", sugiro. Ela concorda. No três, ela vem me beijar. Eu atrasei o movimento porque esqueci de mencionar que após o três viria um "já". Foi um beijo desencontrado, mas que logo encontrou seu caminho. Gosto de pensar que foi o beijo mais romântico da história dos enterros e eventos fúnebres em geral.

Júlia Um

Antes de continuar a leitura, abra o Spotify. Você tem duas opções de trilha sonora para escutar ao ler nosso último capítulo. "Tender", de uma banda chamada Blur. Ou "Shake it Out", da Florence + The Machine. Escolha uma das duas músicas. Dê o play. Respire fundo. O.k., pode seguir em frente.

Meio estranho o último capítulo ser meu, né? Como explicar? Você tem duas opções para escolher. Existe vida após a morte e este capítulo póstumo está sendo escrito do além? Ou as outras quatro Júlias se juntaram para me ajudar a completar o livro que comecei? Talvez elas tenham inserido os próprios capítulos, contando detalhes da nossa história que eu não saberia narrar. O que elas pensaram, o que elas sentiram... Talvez seja Júlia Cinco, aqui, tentando escrever, inspirada pela conversa que teve comigo. Talvez Júlia Cinco esteja conseguindo organizar um pouco melhor a cabeça agora que consegue transformar suas dores e alegrias em arte.

A palavra "talvez" me acompanha muito mais do que a palavra "certeza". Mas fato é que toda essa nossa bagunça se transformou em alguma coisa. Uma coisa concreta. Que não é virtual. Que não é efêmera. Eu posso ter partido, mas parte de mim vai estar sempre por aqui. Nesse monte de palavras juntas que acabaram formando um livro.

O que aconteceu depois do meu enterro? As quatro continuaram amigas. Inseparáveis. Quatro e Cinco começaram a namorar. A vida delas seguiu em frente. Ainda bem. É o que eu gostaria. Eu não ia querer ver as Júlias de luto por muito tempo. Mas sei que vou continuar com elas num lugarzinho especial. Tipo biscoito amanteigado, sabe? Que a gente quase nunca lembra que existe. Mas de vez em quando lembra. E lembra que é uma das coisas mais doces do mundo.

E... eu prometi um final feliz. Eu sei. E não acredito que ele seja o mais feliz dos finais felizes. Mas as coisas estão melhores do que quando tudo começou. Quer dizer... Não pra mim, eu tô morta. Mas ficou tudo bem com as outras Júlias. Ou, pelo menos, vai ficar. Eu acredito. Ou escolho acreditar. Sei lá. De vez em quando tudo que a gente precisa é alguém do lado falando que vai ficar tudo bem. Na maior parte das vezes essa previsão não se concretiza. Mas, no mínimo, acalma. Consola. Mostra que alguém se importa.

Então... Eu não sei quem é você. Aí, do outro lado, lendo tudo isso. Não sei se algo de ruim aconteceu contigo. Mas vai ficar tudo bem. Eu não sei se esse livro foi parar na internet e você está lendo com aquela luz clara do celular iluminando seu rosto no escuro do quarto, vista cansada depois de tantas páginas, ou vista cansada de chorar porque alguma história nossa te lembrou de uma história sua. Mas vai ficar tudo bem. Eu não sei se você leu tudo de uma vez em um dia. Ou foi guardando de pouquinho em pouquinho pra demorar mais pra terminar a experiência. Mas vai ficar tudo bem.

Eu não sei se você está ouvindo nossa história através de um audiobook narrado por alguma celebridade. Mas acredite nessa celebridade agora quando ela diz que vai ficar tudo bem. Eu não sei se você encontrou esse livro na prateleira de uma livraria e é do tipo que lê a última página antes pra saber se a compra vale a pena. Mas vai ficar tudo bem, mesmo se você não ler o resto. E talvez você seja uma das outras quatro Júlias lendo isso tudo de novo. Porque deu saudade. Mas vai ficar tudo bem.

Agradecimentos

O primeiro agradecimento é pra minha mãe, por ter me ensinado que afeto é a coisa mais importante da vida. Somos todos pequenos universos caóticos e complexos, afeto e empatia são fundamentais pra gente se entender. Mãe, estarei sempre do seu lado e sei que você também estará do meu. Isso é meio o que tentei passar com o livro. O valor de ter alguém do seu lado, se importando contigo. Querendo seu bem. E você sentir o mesmo de volta. Uma das minhas frases preferidas é do grande Domingos Oliveira, "amar é querer o bem do outro". O livro é dedicado à sua memória. Domingos, além de me inspirar na adolescência, foi a pessoa que me levou a explorar e escrever sobre o mundo jovem ao me chamar para atualizar o *Confissões de adolescente* para a era da internet. Não existiria *Cinco Júlias* sem Domingos e o *Confissões*. Agradeço também à minha vó. Ter sido criado pela minha mãe e pela minha vó foi uma grande sorte e tenho certeza que isso se reflete no jeito que eu escrevo. Vou agradecer ao meu pai também pra ele não ficar com ciúme. Obrigado por sempre tentar dar o seu melhor, sigo tentando fazer o mesmo. Obrigado a Amanda Benevides por ter topado me ajudar na construção das Júlias 1 e 4. Sou fã do seu talento e da sua visão de mundo. Obrigado a Nathália Dimambro pela paciência com minhas neuroses e por ter melhorado o livro com todas as suas observações. Obrigado Gabriela, Diana, Stéphanie, Ingrid e Larissa pelas sugestões e opiniões. Obrigado também a todo o pessoal da Seguinte que participou do processo. Obrigado a Rita Mattar por ter me apresentado ao pessoal da Seguinte e me incentivado a escrever um livro. Nathália e Rita, peço um milhão de desculpas pela demora para entregar o livro pronto. É muito mais difícil escrever um romance do que um roteiro. Mas espero que o resultado tenha ficado pelo menos razoavelzinho e que tenha valido a pena. Obrigado a Camila pela capa. Para me ajudar a desenvolver o arco do livro e testar histórias/ piadas, montei inicialmente o *Cinco Júlias* no teatro. Quero agradecer ao meu parceiro Hamilton Dias por todo o apoio no processo. E também ao elenco, banda, equipe e pessoal do teatro. E obrigado a todo mundo que assistiu. Todos os dias escrevo na mesma mesa do mesmo café e queria agradecer também ao pessoal daqui. Andréa, Liliane, Seu Antônio, Rita, obrigado pelo café e especialmente por todas as águas da casa. Eu bebo muita água. E café. Obrigado, café. Esse livro não teria sido concluído sem café. É isso.

Entrevista com o autor

1. Qual das Júlias você acha que seria mais sua amiga?
Tenho amigas parecidas com todas elas, mas imagino que J4 seria uma grande parceira de DMs envolvendo gifs e memes de gatos.

2. Após o vazamento das mensagens, as personagens têm que lidar tanto com o mundo lendo seus segredos quanto com o impacto de descobrir os segredos de pessoas próximas. Se o uLeaked surgisse hoje, do que você teria mais medo: do mundo lendo suas mensagens ou de ler as mensagens dos outros?
No grupo de WhatsApp com meus amigos mais próximos sempre gravo uma canção inédita de presente de aniversário para cada um deles. O detalhe é que eu sou o pior cantor do mundo, nunca acertei uma nota sequer na vida. As canções são improvisadas, componho assim que acordo. Às vezes são paródias de canções de *Aladdin*, de vez em quando acompanhadas de um instrumental caótico criado em cinco minutos no Garage Band. São declarações de amor para os meus amigos cantadas em um falsete que mira no Justin Timberlake e acerta numa sirene quebrada.
Meu maior medo é que esses áudios vazem e se transformem em um EP que acabaria com a minha credibilidade profissional.

3. A Júlia 4 fala sobre um apelido que usavam para fazer bullying com ela no colégio, e na verdade foi um apelido que usaram com você, certo? Tem mais algum detalhe das Júlias que você tirou da sua própria adolescência?

Acho que o principal detalhe é que eu sempre tive muitas amigas chamadas "Júlia".

4. Qual é a sua música oficial para cantar no karaokê?

São muitas. "Oops!... I Did it Again", "Crazy in Love", "Medo bobo", "Bye", "Paranoid Android", "Milla", "Essa tal liberdade", "Quando a chuva passar", "A lenda", "Coração com buraquinhos"...

5. O livro, assim como seus roteiros, é cheio de referências a músicas e filmes. Por que isso é tão importante para você?

Eu gosto muito de aprender e conhecer coisas novas. Meus filmes e livros favoritos sempre citavam alguma referência que eu não conhecia e depois ia atrás para conhecer. Isso me deixava muito empolgado, uma obra que te leva a várias outras. Então acho que tento fazer o mesmo, ser uma espécie de porta de entrada para o leitor conhecer alguns artistas que admiro.

Também sempre acho bacana estimular pessoas a escrever. Eu tenho muito interesse em conhecer histórias de outras pessoas. Meu prazer em contar uma história é tão grande quanto o de ouvir. Em *Cinco Júlias* cito Phoebe Waller-Bridge, Mindy Kaling, Miranda July, Lena Waithe, Amy Sherman-Palladino... Gosto de pensar que, ao conhecer o trabalho de autoras como elas, leitores e leitoras possam se empolgar e escrever suas próprias histórias também.

6. Você é conhecido como roteirista e diretor, e este é seu primeiro romance. Como surgiu a ideia de escrever um livro e, mais especificamente, de escrever *Cinco Júlias*? Você já tinha pensado em escrever um livro antes?

Eu tinha vontade de escrever um livro para jovens, gosto muito de escrever sobre/ para eles. Passei por algumas situações com a minha família que me fizeram refletir sobre o peso e o preconceito que outras gerações carregam, e sobre como é importante ouvir e conversar com as gerações mais novas.

O mundo deu um nó depois da internet. Os jovens agora sabem mais que os pais, têm mais para ensinar. Hoje aprendo mais conversando com uma pessoa de dezesseis anos do que com algum roteirista mais velho que **eu** admirava quando tinha dezesseis anos.

Esse avanço de ideias, essa proposta de um futuro mais justo, bem informado e democrático, isso bagunçou a cabeça de muita gente que foi se apegando ao passado para se defender.

Dialogar com o jovem de hoje, dar atenção e apoio a ele, me parece fundamental para acabar com essa onda conservadora e retrógrada que tomou conta do Brasil e de boa parte do mundo. É importantíssimo refletir sobre cada ponto de vista, cada problematização, cada crítica que eles levantam.

Minha vontade é trabalhar para e com as novas gerações, fazendo minha parte para evitar que elas tenham que lidar com pesos que outras gerações tiveram que carregar.

É importante passar para os jovens de hoje a ideia de que "vai ficar tudo bem". De que acreditamos neles. Eu, pelo menos, acredito. E acho que vai ficar tudo bem justamente porque são eles que vão dar um jeito nesse "tudo" em questão.

Ah, e eu não me lembro exatamente de como surgiu a ideia do livro, mas lembro do momento em que pensei no título e me toquei de que seria um bom presente de amigo secreto para Júlias em geral.

7. Que diferenças você sentiu entre trabalhar com o livro e com filmes?

A melhor parte do cinema é o processo colaborativo. Meu trabalho como diretor envolve dialogar com uma equipe enorme de criativos de diferentes áreas. É uma troca constante de ideias com a diretora de fotografia, a diretora de arte, a figurinista, o pessoal da trilha sonora, os atores...

Escrever um livro é bem mais solitário. Por sorte, ao longo do processo, tive um ótimo suporte do pessoal da Seguinte. Nathália, Gabriela, Diana, Stéphanie, Ingrid. As sugestões e contribuições delas supriram essa falta que senti do processo colaborativo do cinema.

Outra pessoa fundamental no processo de escrita do livro foi a Amanda Benevides (@chez.amora), que me ajudou a construir as Júlias 1 e 4 e colaborou em alguns diálogos. Ela leu e releu várias versões do livro, e fez observações incríveis. Já estamos trabalhando juntos em novos projetos (e estou ansioso para ler e reler mil vezes o livro que ela está escrevendo).

8. Qual é a sua formação e quando você decidiu que queria trabalhar contando histórias?

Eu era uma criança muito quieta, me isolava nos livros e filmes. Minha mãe me matriculou em aulas de teatro para eu perder a timidez, e acabei desenvolvendo gosto por criar meus próprios livros e filmes. Aos 19 anos, filmei meu primeiro longa-metragem, chamado *Apenas o fim*, com um grupo de amigos, praticamente sem dinheiro, que acabou ganhando o Festival do Rio e a Mostra de São Paulo, e viajou o mundo todo em festivais.

Minha carreira começou meio por acidente. Eu achava que só a minha avó ia assistir ao meu primeiro filme. Era praticamente um exercício de curso de cinema. Fui meio que aprendendo a escrever e filmar enquanto já estava no mercado, como uma espécie de "cineasta mirim".

Minha vida hoje consiste em passar os dias estudando e trabalhando para não desperdiçar essa sorte que tive de começar a trabalhar tão cedo com o que sempre quis fazer.

9. Que dica você dá para quem quer ser escritor ou roteirista?

Ler o máximo de livros que conseguir, assistir ao máximo de séries e filmes. Quanto mais cultura consumir, maior será seu repertório para criar. Eu assisto pelo menos um filme ou episódio de série por dia. Tento ler um livro por mês. Tem um site chamado Metacritic <www.metacritic.com> que faz uma média das notas da crítica para filmes/ séries/ álbuns/ games. Eu assisto a tudo que tem uma nota superior a 80 para me manter atualizado. E tento assistir a um filme clássico que nunca assisti por semana. Eu sou obcecado por conhecer coisas novas, e isso me ajuda a manter ativas a criatividade e a empolgação com o trabalho o tempo todo.

Tem um livro de roteiro chamado *Save the Cat!* que é o melhor para iniciantes, e o indico para amigos o tempo todo. Acho que não existe edição do livro em português ainda, mas é possível encontrar algumas traduções dos pontos principais se você pesquisar no Google.

Além disso, é importante continuar escrevendo mesmo se você estiver achando que o resultado está ficando ruim. É natural que as primeiras páginas, as primeiras tentativas, não sejam incríveis. O segredo é se forçar a chegar até o final e depois ir melhorando o texto com o tempo. Eu odeio 95% das frases que digito. Mas vou até o final mesmo assim. E depois tento aperfeiçoar o texto até conseguir gostar de pelo menos 50%.

10. Se você pudesse mandar uma mensagem para o Matheus na idade das suas protagonistas, o que diria?

Faça terapia e dê chances para os brócolis.

11. Para quem gostou de *Cinco Júlias*, que outros livros você indica?

Uma longa queda e *Funny Girl*, do Nick Hornby. *Fun Home* e *Você é minha mãe?*, da Alison Bechdel. *É claro que você sabe do que estou falando*, da Miranda July. *Sabrina*, do Nick Drnaso. *This One Summer* e *Skim*, da Mariko Tamaki. As edições de *Ms. Marvel* da G. Willow Wilson. *Minha coisa favorita é monstro*, da Emil Ferris.

Textos de Domingos Oliveira, Maria Ribeiro, Paulo Mendes Campos, Antonio Prata, David Sedaris, Raymond Carver.

Quadrinhos de Gabrielle Bell, Adrien Tomine, Anders Nilsen, Lucas Gehre, Elcerdo, Lisa Hanawalt.

12. Se as pessoas quiserem te seguir nas redes sociais, onde elas podem te encontrar?

No Instagram: @omatheussouza

1ª EDIÇÃO [2019] 1 reimpressão

ESTA OBRA FOI COMPOSTA POR OSMANE GARCIA FILHO EM BERLING
E IMPRESSA PELA GRÁFICA BARTIRA EM OFSETE SOBRE PAPEL PÓLEN SOFT
DA SUZANO S.A. PARA A EDITORA SCHWARCZ EM NOVEMBRO DE 2021

A marca FSC® é a garantia de que a madeira utilizada na fabricação do papel deste livro provém de florestas que foram gerenciadas de maneira ambientalmente correta, socialmente justa e economicamente viável, além de outras fontes de origem controlada.